UNA MUÑECA RUSA

Adolfo Bioy Casares

俄罗斯套娃

〔阿根廷〕比奥伊·卡萨雷斯 著　魏然 译

人民文学出版社
PEOPLE'S LITERATURE PUBLISHING HOUSE

著作权合同登记　图字 01-2020-2594

Adolfo Bioy Casares
UNA MUÑECA RUSA

图书在版编目(CIP)数据

俄罗斯套娃/(阿根廷)比奥伊·卡萨雷斯著;魏然译.—北京:人民文学出版社,2021(2023.6 重印)
(短经典精选)
ISBN 978-7-02-016464-6

Ⅰ.①俄…　Ⅱ.①比… ②魏…　Ⅲ.①短篇小说-小说集-阿根廷-现代　Ⅳ.①I783.45

中国版本图书馆 CIP 数据核字(2020)第 119820 号

总 策 划　**黄育海**
责任编辑　**胡司棋　李　翔**

出版发行　**人民文学出版社**
社　　址　**北京市朝内大街 166 号**
邮政编码　**100705**

印　　刷　**上海盛通时代印刷有限公司**
经　　销　**全国新华书店等**

开　　本　**890 毫米×1240 毫米　1/32**
印　　张　**4.75**
字　　数　**94 千字**
版　　次　**2021 年 1 月北京第 1 版**
印　　次　**2023 年 6 月第 2 次印刷**

书　　号　**978-7-02-016464-6**
定　　价　**59.00 元**

如有印装质量问题,请与本社图书销售中心调换。电话:010-65233595

SHORT CLASSICS

短经典精选

目 录

俄罗斯套娃

脊椎病迫使我过了很长一段时间的幽居生活，仅有偶尔几次出门看病、做X光检查穿插其间。这样过了一年之后，我前往温泉地区疗养，因为我记起了艾克斯莱班。我想说的是，因其摄人心魄的四季更迭，加上全欧洲最浮夸、最优雅的居民，这座小城声名显赫；而且此处矿泉水疗效历来为人称道，甚至可以追溯至尤利乌斯·恺撒以前的时代。为了调理精神状态，让身体机能重新活络起来，我想我需要那种轻浮散漫，更甚于泉水。

我飞往巴黎，在那儿待了不到一周；而后一辆列车将我载往艾克斯莱班。我在一座小巧简洁的火车站下了车，那座车站不禁让我思忖："说到品位，还得看旧大陆的这些国家。我们美洲人就知道炫耀。就算有四座艾克斯莱班火车站，马德普拉塔[①]的新火车站也装得下。"我得承认，这个念头的最后一段成形时，一丝爱国激情

① 阿根廷布宜诺斯艾利斯省的第二大城市。

侵入了我的头脑。

走出火车站，面前是两条大街：一条与铁轨平行，另一条垂直。一个钓鱼人沿着那条平行的大街走来，钓竿扛在肩上，篮子提在手里。我不理会一个不住向我示意的出租车司机，径直走向钓鱼者。

“请您给我指个路，”我说，“请问到王宫旅馆怎么走？”

“跟我来吧。我就往那儿去。”

“您不建议我打出租车吗？”

“没那个必要。跟我走吧。”

我虽然担心拎着两只手提箱可能会损伤我的腰，但还是从命了。我们折向另一条大街。刚踏上这条路，迎面就是个陡坡。为了不惦记我的腰，我问道：

“钓鱼成果如何？”

“还不错。虽说在病恹恹的湖里钓鱼不够——怎么说呢？——不够尽兴。少了这项活动的后半段——钓鱼的人理应享用他的战利品：要么品尝钓来的鱼，要么送朋友。”

“这儿为什么不行？”

“这篮子里装着好几条红点鲑。您若瞧一眼，准会馋得流口水。可要是吃了这些鱼，您就会不舒服。比方说可能生病。或许我说得有些夸张，但也不算太过。”

“可能吗？”

“不止是可能，而是很可能。污染啊，亲爱的朋友，污染。我们到了。”

我刚想问到了哪儿，然后就明白他已不再谈论污染或钓鱼的事了。

“别告诉我这就是那家旅馆！”我惊呼道，着实有些迷惑。

“就是这儿。为什么这样问？”

“没什么。”

我后退几步，端详眼前的建筑：体积不小，但确实没有王宫气派，虽然在四层楼高的地方可以读到一行大字：王宫旅馆。

空旷的旅馆前厅里，有几把模样陈旧的座椅。我走向前台，原以为会看见一位身着黑西装的男士，不料一位穿着灰色居家罩衣的漂亮少妇接待了我。

“您的房间是二十四号，”她说，“请随我来。”

她是个跛子。电梯非常狭小，弹簧门似乎要撞在我们身上，或者把我们囚禁在内。少妇、我和两只手提箱勉强挤进电梯。在缓慢上升的过程里，我可以从容读完操作指南和一道市政条令，上面说严禁未成年人在无人看护的情况下坐电梯。我们在二楼下了电梯。

我住的房间很宽敞，挂着已然破损、泛黄的印花装饰布窗帘。卫生间里，坐便器装有可以撑扶的黄铜把手，上方是储水箱，从那里垂下来一条链子。另有一根铜把手挡在坐浴盆侧面。浴缸支脚的尖端塑成鸟爪形状，撑在涂白漆的铁球上。

一点钟我下楼吃午饭。旅馆经理朝我走来：原来他就是我出火车站时遇到的那位钓客。我问他推荐哪道菜。他现在换上了职业身份，口气坚定地告诉我：

“传统酱鸭应当说是很出名的，但我也可以再为您准备几条从湖里钓上来的红点鲑。”

我跟他说我更偏好牛肉。来一份土豆饼，再加牛排，要完全煎熟的。菜肴精美，虽说在分量上还给人留下了一点期待。招待我的是一位活泼友善的姑娘，名叫朱莉。

我带着些许嫉妒，瞥见另一张餐桌旁，某位男士由一个比朱莉更可人一些的女孩儿殷勤服侍着，同时经理和斟酒侍者也在旁作陪。那些人似乎都在为他的谈吐喝彩，忙不迭地满足他的要求。我暗想：“肯定是个有钱的家伙。”就像证实这个假设似的，在他的餐桌旁，镀银的冰桶里镇着一瓶香槟。我思量着：“这位先生准是个重要角色。没准是本地区最有权势的实业家。”他盘中菜品的分量，跟我的比起来着实多出不少。这种氛围叫我恼火，我几乎就要开口质问朱莉了。我本想说：“看来有人是亲生儿子，有人是继子。”但由于想不出法语的“继子”怎么说，我就什么也没说。等那个男人起身，半转过来，将要离开餐厅时，我几乎不敢相信自己的眼睛。这绝非言过其实。那位身份重要的男子，长着黑色髦发，电影明星似的大眼睛，穿着双排扣西装，脚踏尖头漆皮鞋，仿佛是直接从二十年代进口的——那是“少爷”玛塞拉，我的小学同桌。我想他一看清对方是谁，那份惊异绝不亚于我。他张开双臂，也不在乎引来旁边那几位窃窃私语的法国侍者的注意，高声呼喊道：

“我的老兄！你在这儿！我不是在做梦吧！”

他拥抱我。此时朱莉为我送来账单，玛塞拉对她说，一会儿他来签字。我们走到旅馆大堂，坐到那几张椅子上。由于不喜欢谈论自己的病，我告诉他，背痛不过是个借口，好叫我能在大千世界里游荡几日……玛塞拉打断我，他说：

“然后你就发现自己跟那些拿社会救济的老家伙混在一起了。实在让人厌烦。跟我当年遇到的情形一模一样……你知道我这个人。我当时琢磨着：眼下这些日子，一笔殷实的法国家产对一个美洲白人来说，是一份了不起的依靠。我刚来法国的时候，发疯似的梦想着要结识最高贵的上流人物，因为说到女人，我对自己有信心……”

一段时间后，他发现优雅的艾克斯莱班属于二战前，甚或是一战以前的时代。

“现在它别有魅力。”我说。

“没错。但是和预想中的不一样。”

“幻想破灭了？”

“你我都一样啊。”他强调道，随即又一次拥抱我。

“先不说笑话，你看起来很有成功者的派头。”

“说了别人也不信，”他答道，藏不住脸上的笑意，“我找到了我想要的。”

“娶了个有钱的女人？”

“没错。这故事很特别。其实我不应该说出来，不过，我的兄弟啊，咱们之间没有秘密。”

以下就是玛塞拉告诉我的那个故事：

他来到艾克斯莱班，身上揣着某个幸运日在多维尔一家赌场赢来的钱。怀着结识一位有钱女人的坚定目标，他立下宣言：

“找一份了不起的依靠。”

他出入于几家旅馆，试了几家餐厅，午后在公园里听乐队演奏会，如此到了第三天，他对自己说：“这样做毫无进展。”于是他告诉旅馆女主人，说自己第二天就走。

“那太可惜了！”女店主惊呼道，真诚地替他惋惜，“您怎么能在一场盛大舞会的前一天离开呢？”

“什么舞会？”

舞会是卡扎利斯先生、“当地的大实业家”为他女儿夏黛举办的。

“就在萨沃亚公爵酒店，那是一座货真价实的王宫，在尚贝里。”

那位女士念出“王宫”这个字眼的时候，带着一丝满足感。

“尚贝里远不远？”

“几公里路。很近。”

“我不知道我为什么要打听。我也没有受邀，而且没有吸烟衫①。”

旅馆女主人建议道，没必要为了一个晚上的活动就花钱买吸烟衫，然后堆进衣橱里。她解释道：

“况且，在艾克斯莱班的店铺里，您买不到一件定做的吸烟衫，而且在整个法国，您也不可能找到一位裁缝愿意为后天的活动替您赶制一件礼服。想听我说个秘密吗？——他们没人喜欢自己的工作。”

“挺遗憾的。”玛塞拉嘟囔了一句，总得回答点什么。

“我要是您，就穿上我前夫的礼服试试，”旅馆女主人说，“您不会觉得心里别扭吧？尺码也许有些出入，但他的身量和您相仿。”

那位夫人领他来到自己的住所，一个藏在旅馆里面的真正的家。房间陈设极佳，这让玛塞拉大感意外，他对艾克斯莱班这座

① 社交、休闲场合，吸雪茄或烟斗时所穿的罩袍。

“王宫”的印象，原本是他房间里破损的印花棉布窗帘以及大堂里快要散架的椅子。“这位跛脚的太太真爱她自己。”他想。寓所中家具古旧，但无疑是华美的，然而吸引我朋友注意的却是一组俄罗斯套娃。

“我父亲送的礼物，”女士说道，“那时候我肯定年纪很小，要么就是特别傻，因为我父亲还觉得有必要跟我解释：里面套着几个一模一样的娃娃，就是个头小一点。即便打破了一个，其余的还能留下来。”

接着那位女士取来吸烟衫，说道：

“穿上试试，我再找个蝴蝶结，就在这儿什么地方收着呢。”

他有点不情愿地套上礼服，可等照镜子的时候，他惊叹道：

“还真不错。”

“就像量身定做的。”站在门边的女主人也赞叹了一声。

那个周六，他去参加舞会。本来得出示邀请函，但他推说忘了。据他自己的说法，能够入场，是因为那件吸烟衫使他显得从容稳健。

为了不引人注目（因为他是孤身一人来的，很可能他是这群人里唯一的外来者），他和一位老妇人攀谈起来。与她跳了两三段舞之后，玛塞拉陪她走到自助餐区。当他们举起盛满香槟的酒杯，碰杯祝酒时，一个非常漂亮的金发姑娘（“说不定，”他心想，“她是个比利时女孩：金灿灿的头发，性格强悍，我最喜欢这种类型。”）上前打断谈话，对他说：

“既然您还没邀我跳舞，那我就来邀请您吧。”

她的笑容里有一种不容抗拒的欢乐。跳舞时，她请他不要动怒（“就好像我真要生气似的”），还补充道，眼见他被“那位太太”垄断，她觉得自己有义务把他拯救出来。随后她邀请他坐到一张餐桌旁，那儿有姑娘的几位朋友，她一一做了介绍。玛塞拉的头脑转得很快：“等我不得不说出我的名字，他们就会发现我的身份了。”他其实想说：“他们会发现我是个闯入者。”但没人要求他报出姓名，他疑心那位姑娘有意让他以为她认识自己；或者让别人相信他们认识……他向我解释道：

“一个女人对你青睐有加的时候，是不会找理由赶你走的。”

“你真幸运。”我说。

“比你想象的还幸运。”

“你不是要告诉我，她就是实业家的千金吧？”

“说对了。”

接着他承认，因为急于献殷勤，他几乎棋错一招。他好像是这么跟她说的：

“我得向令尊脱帽致敬。这场舞会是大人物的大手笔。”

夏黛不安地盯着他，仿佛要弄明白他到底是什么想法，而后她噗嗤一声笑了出来，笑得那么开心，那么有她的个人风格。

“真会唬人！”她笑骂道，“你都把我骗住了！我还以为你是一本正经说的呢。安心吧，让他多办几场舞会吧，我父亲收买不了我。”

紧接着，她就像有些着魔似的解释了一番，说她和邦雅曼·朗格勒里一同参与的生态保护团体已经展开攻势，反对她父亲的企业，这家公司的厂区正在污染布尔歇湖。

玛塞拉没有让邦雅曼·朗格勒里这个名字轻易溜过去。他当即怀疑这人是个竞争对手。但令人宽慰的解释稍后即至：朗格勒里是她父亲的好友和同辈人，对夏黛来说，就是个叔叔似的人物。她还是小女孩的时候，两人便相识，虽说年龄悬殊，他们的友情却从没有消减。事实上，其间发生过变化：几年之后（当年轻姑娘度过了生命中最初的十五年、十六年），朗格勒里从保护人变成了追随者。原先，他保护她躲避严父的训诫，而后，他跟随她摆弄过一些浮光掠影的嗜好，诸如心理分析、糕点烘焙、芭蕾舞，现下是最新的一个：生态学。他加入生态组织这件事证明，倘若必须在女儿和父亲之间做出抉择，他选女儿。卡扎利斯因为他参加组织肯定不会原谅他，因为在那时节，生态组织和反对他工厂的战争是一回事。厂里的工人们印制小册子，往墙上画粗野的涂鸦，骂朗格勒里是个犹大；卡扎利斯先生跟女儿谈话时也说过类似的话。

玛塞拉险些对夏黛说，要是她父亲就在周围，请指给他看，“好认识一下我的岳父”，但很快他就反应过来必须抑制好奇心：一旦明白了他不认识卡扎利斯先生，那姑娘就能轻易推断出他没受到父亲的邀请，是个闯入者。“谁知道呢，”他对自己说，“说不准，一瞬间我就会失去自己正要得到的一切。”

经过了舞会之夜，紧随其后的是夏黛和玛塞拉的每日相会，而约会很快就发展到激情四溢的程度。她通过言语和举止传达出的爱意，慢慢地让玛塞拉这只“多疑的老狐狸”坚信，他们正走在通往婚姻的道路上。“我还能奢求什么呢，”他自语道，“这姑娘十全十美，跟她在一起生活很快乐。”他肯定地告诉我：

“我从来没听她说过一句蠢话。可能只有一件蠢事，她该受责备，就是生态那一套。不过我想，那究竟是不是件蠢事，我自己也吃不准。我只能说，就算是为了保护我们这个可怜的星球，我也连一根手指头都懒得动。但话又说回来，夏黛的态度证明她做人正派。真叫人没法相信：她决心挑战自己的利益。挑战我们的利益。这要是落在我头上，卡扎利斯先生百万家产里的哪怕一个法郎，我也不会放弃，不过钱多得很，就算工厂歇业，夏黛和我还是能过上奢华的日子，用不着为下半辈子操一点心。我不知道说清楚了没有：如果她不在乎缩减自己应得的遗产，那我也不在乎——当然要在理智的限度以内。”

接下来那段日子叫玛塞拉无法忘怀。虽说每天晚上都睡在艾克斯莱班的旅馆里，但大部分时间他都是和夏黛一起度过的，或在尚贝里，或到萨沃亚远足。萨沃亚是法国最美的地方之一。他们一同游览阿讷西湖，到过沙尔梅特、贝利诃、科隆日，科隆日有一座古堡，还到过沙莫尼山谷和默热沃。在一张地图上标注了他们巡游过的城市与村庄之后，夏黛断言：

“一个人要想深入了解自己的故乡，没有什么比跟一位异国人谈恋爱更好的办法了。”她还经常加上这类评语：“咱们还没在埃维安做过爱呢。”

在夏黛的朋友圈里，玛塞拉的地位被众人承认，也受人尊重。他常对自己说：“我真走运。”只有一件烦心事会时不时让他突然担忧起来：他的钱包还能坚持多久？夏黛实际上没有付钱的习惯（一些有钱的女人就是有这个特点，这也时常伤害男性的自尊）。在每日午后令人艳羡的兴奋和每个夜晚急迫的睡梦之间，没有多少时间留给玛塞拉忧虑。况且，旅馆住宿和酒店用餐，合起来的总数叫他担惊受怕，但每次分开付账时，他又感到自豪不已。

当然，夏黛贡献给生态组织的几个小时，他们不是在一起度过的；但事后，那姑娘总会开诚布公地给他复述针对她父亲工厂的每一项抵制活动。有一次，她讲到工会的激进分子正在散发恐吓信。

“恐吓谁？”玛塞拉问。

“当然是我啊。也寄给了可怜的邦雅曼叔叔，我就这么称呼朗格勒里。”

虽然恐吓信和累计起来的花销都足以令人忧惧，但这段时期还是非常惬意的。人生路途凯旋行进，让玛塞拉多少有些惶惑了。

“你肯定明白，我不大能接受这种状况。”

“我不明白。”

“当然啦，是出于迷信。我比艺术家还要迷信，而且觉得我的幸运星也可能会带来噩运。那时候我很幸运，真走运，”他念叨着，好像忘掉了他的迷信法则，“或者你是不是觉得，我有点夸大其词？这样一个女人，容貌像家产一样傲人，竟爱上了我，随时准备向我证明她用情有多深，还向每个愿意倾听的人讲一讲我们的结婚计划……我只害怕一件事，自然就是担心婚礼不能及时举行。我的意思是，在我把法郎花光以前。其实纯粹是命运巧合把这位在哪一点上都堪称完美的女人送到了我眼前。如果有人提醒我，仅是夏黛那辆德拉哈耶跑车的汽油费就花了我那么多钱，我肯定要背过气去。”

也不是全无慰藉。那姑娘把跑车借给他，好让他晚上返回旅馆。不论多晚，只要能驾着十二汽缸的德拉哈耶一路飞驰，他就不焦急，因为他自视为“命运的宠儿”，想要凝神敛气地享受此刻的优待。

一旦回过神来，他就意识到眼下的欢愉时刻只能将他引向两个决定命运的方向：胜利或溃败；换言之，要么走向婚姻，要么因资金匮乏被迫撤退：且不论哪个先到来。一件预想不到的事改变了这一切。

某个下午，他们在圣阿尔班（或是另一个名字很相近的小镇）的一家旅馆里度过。日落时分，他们倚在窗口，想在离去之前再看一眼湖上的风景。

“这里不像艾克斯莱班或者阿讷西的湖那么开阔，但我更喜欢这儿，”夏黛说，“也许是它还保留着原初的野性吧。”

玛塞拉点了点头，虽然在这些事上他没什么想法。“应该说这里很美，”他自语道，“不过我觉得不像别的湖那样令人快慰。”一道陡峭的山岩围在湖岸旁侧，黄昏很快将湖水隐没在黑暗中。

“咱们在一块儿的时候，我就把什么都忘了。还没告诉你呢，这一局我们要赢了。”

玛塞拉问道：

“什么赢了？”

夏黛解释说，他们不光要从布尔歇湖的不同区域提取新的水样，而且明天生态组织提名的一位动物学家和一位植物学家，要和卡扎利斯先生一起下潜到湖底，采集动植物标本。夏黛叹道：

“不好的地方是，我父亲太有钱了。”

“这有什么不好？”

“为了钱，许多人可以放弃信仰，”那姑娘坚定地说，谈到生态的时候，她总会换上这副凝重的口气，“就算是我们的动物学家和植物学家这么正直的人……”

“你父亲可能会收买他们？”

“为什么不会？为了保证万无一失，我得自己下水，或者让邦雅曼去。父亲反对我下水。不是因为他爱我，而是他坚持他和我不该在同一时间冒同样的危险。假如我们两人都死了，工厂就会落到别人手里，这一点他绝对不愿接受。”

“而且他也不愿意让邦雅曼去，他恨透这个人了，对吧？”

“反对邦雅曼下水的人是我。邦雅曼岁数太大。小小几粒盐，就能让他高血压。要是在湖底发生了什么情况，他必须很快升上来，那可怜的老头子就得炸开。”

玛塞拉心里确信她不可能允许他下水，于是自荐说他可以。而他未婚妻的反应是感激万分。

“我不想勉强你，”他说，“可能你信不过我。”

“我怎么会信不过！”

“即便所有人都能被开价收买……”

“这点我很肯定，但我知道有些人是例外，而且我爱你啊。”

他感到心满意足，夏黛信任他。不管怎么说，她拥抱、亲吻他的时候，比往常更加亲热。他们还点了一瓶香槟。

“为你的勇气。”姑娘祝酒道。

“为我们的爱情。”

“为我们的爱和生态。”

那一晚，她如此纵容他，以致在尚贝里与夏黛道别，返回艾克斯莱班时，他还沉浸在狂喜中，忘了第二天那件吃力不讨好的差事。但就在回到旅馆、走进房间的那一刻，那份狂喜消失了。或者说，恐惧正等候着他。

整个晚上，逃跑的冲动一阵阵袭来。快到凌晨三点时，爆发出的那股念头较之前的更能左右他的行动；他从床上坐起来，开始收拾行李。说也奇怪：拾掇着行李，焦虑也就不见了。叫他不能完全平静的，反倒是知道自己终将得救的激动。两只行李箱已经提在手里了，他却问自己：“我愿意放弃和夏黛·卡扎利斯的婚约吗？”不，他不愿意。接着他自我论辩道，下潜到湖底，刚好无可辩驳地证明了自己的忠诚、勇敢，这将赐予他选定婚期的权威，避免陷入资金匮乏的险境，而不必眼见自己被逼无奈，在难堪中一败涂地。

他寻思道：“与富有的女人相处，假如男人轻率潦草，女人就会占据男人的地位。证明一下男子汉的勇气，兴许能把事情纠正过来。”

在这个无眠之夜，恐惧多次重现，他也多次将它压制下去。天将破晓时，他忽然想到既然卡扎利斯先生、植物学家和动物学家都准备潜水，那么风险也不会太大。借着这个宽慰人心的念头，他试图小睡一会儿。可醒来时，他又自语道："可是夏黛不愿朗格勒里下去，卡扎利斯也不愿让他女儿下去，她可是比一匹马驹还壮啊。"不过，这种想法并不能证明在内心深处他不爱夏黛。它所能证明的，无非是我们全都了解的一点：恐惧叫人恼怒。

闹钟在六点钟响起。玛塞拉探身朝窗外望去：天还黑着；下着雨；树冠在一阵阵强风里颤动。"这种天气，说不定实验会中止。但愿如此。"

他洗了澡，梳头时抹上润发油，穿戴整齐。旅馆为他供应早餐时耽搁了一会儿。送早餐的不是平时那位女士，而是通常担任旅馆行李员的小厮。

"还有别的东西，"那男子说道；他匆匆离开房间，回来时拎着一个鼓胀的包裹。"他们把这个留在门房了。给您的。"

行李员刚一离开，玛塞拉就拆开包裹，发现里面是一套潜水服以及蛙人的脚蹼和面罩。"说明计划照常进行，"他嗓音颤抖地念叨，"显然，如果一直是这种坏天气……不，我不该再抱什么幻想了。"仿佛要确证宣言似的，他穿上潜水服，而后走到镜子前。"还是吸烟衫好些。"他嘟哝着，开始吃早餐。咖啡是温的。"谁在乎呢。既然不是我的错，那我就七点钟之后再到，也许卡扎利斯不喜欢等人。我不该再抱什么幻想了。”当他用羊角面包蘸牛奶咖啡的时候，脑中闪过一个念头，这想法虽荒唐，却湿润了他的双眼。“这说不定是我这辈子最后一个羊角面包了。”他喃喃自语，满怀柔情地端详着面包。

交还钥匙的时候，菲丽希塔——旅馆女主人叫这个名字——打趣说：

“这个钟点去参加假面舞会吗？”

“替我保密，”玛塞拉答道，“等一会儿，我就要潜水到湖底去了，去收集污染的证据。”

可怜的跛足女人一脸错愕。

“干吗要去？他们付给你许多钱吗？”

“什么也没给。”

“想听我的意见吗？要是我，我才不会下去呢。我们镇上这座可爱的湖有多深，你是不知道。得有好几百米。别下水了；如果你一定要参加这个愚蠢的活动，千万记住我告诉你的话：慢慢下潜，再慢慢上来。记住了，你要是急急忙忙的，脑袋就会爆炸。”

碰头地点是人们常说的“大船港”旁边的一家餐馆。玛塞拉赶到时，目力所及只瞧见一个水手，他叼着烟斗，穿着蓝色外套，头上是一顶带红穗子的便帽。“就算是湖上的水手，这身打扮也太俗套了。”玛塞拉心想。看水手抽烟的样子，心里应该不大痛快。他朝玛塞拉走过来，问道：

“你也是考察队的？我可不敢祝贺你。谁要是像今天这种天气还得出航，在这儿不算走运，”他摸了摸额头，见玛塞拉没有即刻答话，就警告他说，“万一出了事，你得赔我的船。”

“那真是太棒了。我也是被迫来的，你倒让我负责。”

“你当然得承担责任。你自己也看见了，湖上风浪多大。没有能见度。”

“把这些话都说给卡扎利斯听，这趟考察是他组织的。”

“真不该出航。湖上风浪大的时候，简直比海上还糟。不听劝，就想想那个诗人的小情人吧。她就是在湖中间溺死的，跟今天差不多的日子。”

“去跟卡扎利斯说。”

“我当然要跟他说。这种天气出航，他们得付我双倍的租金。”

“我不明白为什么，既然工厂在对岸，我们干吗在这儿上船？对我倒是方便了，我住在艾克斯莱班。”

“住在艾克斯莱班？那是为你考虑呗。不过，对你是方便了，可你有没有想过，在这么恶劣的天气从湖的这一端开到另一端会发生什么情况？就算往对岸去的这一趟没翻船，回程我们也会出事的。”

玛塞拉重复了一遍他不明白为什么卡扎利斯选择在艾克斯莱班

起航，而且又加了一句：

“我不认为他会照顾我的方便。”

“他需要顾及工人的想法。他不愿让那些人发现。”

水手跟他解释说，如果从尚贝里附近的船港起锚，那么消息“早就泄露出去了”，工人们绝不会心平气和地让他们调查，不管存不存在让工厂关门的证据，工人还指望在厂里挣面包钱呢。

玛塞拉告诉他，假如卡扎利斯和其他几位专家再耽搁十分钟还不出现，他就回旅馆，算是问心无愧，履行过义务了。“如果他们迟到了，那是因为他们不能早点来；如果我迟到了，那是因为我是南美人。我敢打赌，看到这种天气，卡扎利斯准会把考察推迟到更恰当的时候。”

走来三位穿潜水服的绅士，步态十分可笑。其中一个体格壮硕，蓄着浓密的金色唇须，有维京人的气派，或者说像个诺曼征服者；另一位先生身量短小，他挪动得那么慢，玛塞拉都怀疑他是不是病了，或者头脑中正琢磨什么难题，要么就是嗑了药；第三个人面色颇为黝黑，看上去又似愠怒又似紧张。玛塞拉疾步上前向征服者模样的人问好，说道：

“真是幸会，卡扎利斯先生。”

“这位才是卡扎利斯先生。”诺曼人答道，指着身旁的小个子男人。

“我呢，我倒是不会弄错；你就是玛塞拉。”

说完这句，小个子男人目不转睛地盯着他，眼皮也不眨一下；而后好像放弃了似的，晃了晃脑袋。也没跟玛塞拉握手。

“鄙人是勒伯夫。”瞧上去像诺曼人的男士自我介绍说。

“我想我听过您的大名。”玛塞拉应道。

“肯定是在煤焦油罐子上见过。那是我们家族的荣耀。允许我向您介绍动物学家寇伦。”

鼓足勇气之后，玛塞拉告诫卡扎利斯：

“这位水手说，这种坏天气还到湖上去不够明智。”

“如果你害怕，就别来。”

水手把卡扎利斯引到旁边，一阵耳语，而后提高嗓门喊道：

“全体上船。”

“坏天气是抬高价码的最佳借口啊，”卡扎利斯说，那种风趣的语调令人惊讶；随后他瞥了玛塞拉一眼，补充道：“明白告诉你，我对实验一点兴趣也没有，但我说过今天要让它顺利完成，我说话算话。”

“再没别人了吧？”水手问道。

“没了，”卡扎利斯答道，“我们这儿人已经太多了。”

“这可是您说出来的第一条大实话，”水手声言道，“湖上风浪不小，我们载重又太多。”

玛塞拉在卡扎利斯耳旁说：

“假如您愿意，我可以待在岸上。”

“既然你代表另一方，他们会说，不让你上船是我安排好的，”卡扎利斯答道，而后他又微笑着讥讽说，“不行，仔细想想，我不能允许因为我们，害得你错过了这次愉快的旅行。”

等他们都上了船，船边已几乎贴近水面。

“先生们，”那个水手说，“诸位可以看见，这儿有好几个小罐子供每位乘客先生使用。劳驾好好利用它。必须把灌进来的水舀出去，尤其是你们不想沉船的话。到达湖对岸这趟旅程可不短。”

“还在这种天气，”玛塞拉想道，“这个水手怎么知道如何找到合适的那一点呢？最可能的情况是，他也不知道我们应该到哪儿。”

风力没有减弱，反而越发强劲，结果这次航行起初险象环生，后来几乎成了无望完成的事。但不管怎样，水手并没有停止划桨。某一时刻，玛塞拉失望于枉费力气却毫无成效，就停下手里用罐子舀水的活儿，歇息片刻。水手立刻呵斥他.

“嘿！你！别装傻！接着舀水，要是不想叫咱们都淹死。”

玛塞拉在心底盘算：“这个人想叫我们相信他是领航的好手。其实他是个无赖。他不知道我们在哪儿，也不知道我们要去哪儿。等他累了，就嚷嚷一句：‘就是这儿啦！’我们呢，就像傻子似的听信他的话。”他太想缩短无休无止的第一段航程了，恨不得早就说出大家肯定都在心里嘀咕的那句话：“咱们干脆停在这里吧……湖面上的这个地点跟别处又有什么区别？”可是他忍住没说，因为他害怕卡扎利斯会把他的话转述给夏黛。

“我们到了。”水手宣布。

“太棒了！”植物学家欢呼道。

“太糟了，我们得下水了。”动物学家说。

“说得对。我都忘了……”植物学家闷闷不乐地回话。

“先生们，咱们趁早了结这件事吧。我第一个下水。”卡扎利斯宣布。

“我最后一个。”玛塞拉急忙接话。

“水手，别走神。要是我们想上来，我们会抻一下绳子；抻两下，就说明我们想快速上来。”

“最好别快速上来。”水手冷冷地回话。

下潜时间很长，据玛塞拉说。至少对他而言，这过程叫人毛骨悚然。猛然间也不知道从哪儿传来一阵响动，让他想起水流从排水管冒出来的声音。有那么两三次，“仅仅由于神经紧张”，他几乎要去拽绳子了。他自问是否能够踏到湖底，或者这湖是否真的有底。

终于他感到脚底下就是铺满淤泥和树叶的湖床。向前望去，他能看到考察小组其他成员正朝一个拱形的洞穴游去，那是个植物形成的隧道，洞内光线幽暗，由巨大的蓝色植物盘踞而成，上面缠绕着肥厚的叶片。“要是他们想游进去，那他们也真够勇敢的。”玛塞拉想。那是一张名副其实的豺狼的血盆大口：表面漆黑，因此说它是狼嘴恰如其分，四周还包围着毒蛇。不，不是毒蛇，应该是蟒。为了不被其他人落在后面，他想尽量往前游，但一定是疑虑麻痹了他的肢体，因为他无法向前迈出一步。向我描述前后经过时，玛塞拉说：“人们怎么说少爷玛塞拉都行，但他绝不是个懦夫。但眼下我要澄清一下：日常生活是一回事，但在布尔歇湖底下，是另外一回事。”

等他终于向前挪动了一步，两束泛黄的蓝色灯光出现在隧道口的上半部。他先以为那是防雾照明灯。两圈椭圆形的光，活像是巨型猫的一对眼珠。很快，他不无忧惧地注意到，那两盏灯在移动，极其缓慢地往前走。他还有时间去想象一些不可思议的事：一辆卡车“跑到湖底来了”？而那辆卡车猝然加速，向他猛冲过来。他有所提防，在恰当时机跳闪到一旁，随即拽了两次绳索。他尚有时间看清那只极长的动物怎样从洞口里游出来。那条巨型蓝色虫豸长着猫眼，迅捷却毫不慌乱地，一口接一口地吞噬了卡扎利斯先生、动物学家和植物学家。或许因为这些事情都是在静默中发生的，所以留下的记忆显得不太真实。但他难免还是受了惊吓，不停歇连续拉绳索的举动就是明证。有人发狂地拽绳子，连船上的水手都警惕起来。至少他的反应仿佛有所警觉，或是被惹恼了：他忘了所有的告诫，尽其所能地把玛塞拉快速拉上来。为了免遭指责，他大可以宣称，倘若不是他办事麻利，玛塞拉将无法逃脱怪物的捕食。升到水面时，玛塞拉状态很糟，因为撞到了船的龙骨，脸上满是伤口。他不说话，也不回答问题。他一直呻吟，用双手捂住脑袋。

在尚贝里的公共健康诊所，他接受了初步治疗，而后不久，他又被转到艾克斯莱班的医院，那里有减压病房。

几天后，他的病情有所好转。

“我整个住院期间，没人来探望我吗？”他问护士。

那是个金发姑娘，年纪很轻，脸上挂着黑眼圈。她的目光中流露出疲惫和关切。

“不知道，我们得问问前台。”

“那，来过电话吗？”

“你急着等电话？我不知道你干吗要问，如果不肯告诉我……真没必要跟你的护士隐瞒什么。住在我们这儿的时候，你挺亲热，可等你拔脚出门，就把人家忘了。真叫人伤心。”

他又问夜班护士——她身材肥硕，充满母性——玛塞拉把那个问题重复了一遍。

“您得跟拉尔基耶谈谈。”

“拉尔基耶是谁？”

“刚走不久那位，白班护士。晚上我们不接待访客，来电话的也一般是急诊。不过，我好像记得头几晚有一位女士给您来过电话。”

“夏黛·卡扎利斯？”

“就是她。待会儿我帮您核对一下。我把电话抄下来了。”

“现在我可以接待访客吗？”

“您想接待任何人都行。”

第二天早晨，他找拉尔基耶护士谈话：

“要是一位金色头发的女士来了，就请她进来。”

下午，玛塞拉接待了他的第一位客人，一位记者。那人问他：

“您好些了吗？您觉得是否可以回答几个小问题？我不想让您太疲劳。”

“问吧。”玛塞拉答道。

他当下思量：“我得把脑筋转快点。湖底发生的事，我该说还是不该说？如果我说什么也没看见，拉绳子是因为我当时感觉不舒服，水下发生的一切从此就成了个谜。但我不会提供任何可能促成工厂关门的口实。等我们结了婚，接手了卡扎利斯先生的全部遗产，就算减去税款，那也该大大的庆贺一番了。不过，真见鬼！就算是我这辈子仅有的一回吧，命运把这个女人安排在我身边，我愿意对她忠贞不渝。就算我眼下所说的话害得工厂关张，而有一天我将后悔此刻没撒谎，那也无所谓；就这一次，我想做到忠诚，盲目的忠诚。”

“第一个问题，”报社记者说，“您在湖底见到了什么？那里到底发生了什么？”

玛塞拉尽量如实陈述，没有任何遗漏，除去他个人的反应。他想把话说得客观可信。

记者沉默地听他讲，而后恳请他把那条虫豸再描述一遍。

“它体型很大是吗？对于虫子来说，算是个头很大？”

“那是头体型庞大的动物。”

“直径多少？”

“至少四米。我最后一眼看见勒伯夫时，那位身高一米八的壮汉，他就站在怪物张开的大嘴跟前。”

问了几个无关紧要的问题之后，记者准备告辞，可临行前他又转到了私人话题，诸如：“在您的家族里，是否出现过精神病案例？”“您是否被关进过疯人院？”

记者终于走了。玛塞拉问护士，夏黛·卡扎利斯小姐是否来探望过他，或者打电话找他。他被告知没有。

“真奇怪，她还没来。”

“她就是你等的金发姑娘？我去告诉他们，她来了就让她进来。”

第二天，拉尔基耶通知说金发姑娘来了。玛塞拉请她简单收拾一下房间，而他自己起身洗漱、梳头，照镜子，确认自己的睡衣睡裤总算还能出现在人前。他夸奖了护士，说她迅捷又准确地铺好了床铺，像杂耍艺人似的熟巧；手指间一番短暂的游戏之后，床单被褥又焕然一新。

一位金发女孩走进他的房间，他不认识。

“我是工厂人事部的代表，”她说，“很高兴您接待了我。现在您就不能推脱说没接到我们的通知。”

她属于那种金发姑娘，通常是比利时人，他最喜欢的类型。

“我不明白。”他决绝地告诉她。

“没关系。我想还有更严重的事，您同样不明白。”

“什么事？”

“您知道我在说什么。您有没有作为生态组织的代表下潜到湖底？你们想迫使工厂关门……”

“如果没下过水，我也就不会待在这里了。况且，工厂老板也下水了。”

“可事实上，我觉得您身体健康，状态良好。如果能起来走到窗口瞧瞧，您就会看到一些有趣的情况。”

那姑娘说话的腔调充满敌意。玛塞拉想：“应该告诉她，我可以起床，但我不会去看，因为不感兴趣。”……不过，由于好奇心比审时度势的判断力更强，他还是站起身，踱到窗边，望了望街道和对面的屋舍。

“我没看见什么特别的。”他声言道。

“您没注意到一个男人，就在那儿，站在左边？现在请往右侧看。没瞧见另一个人吗？”

“这算怎么回事？”

“他们是纠察员。等您出门的时候，他们会迎接您。都是工会派来的。”

“他们到这儿来袭击我？你们全都疯了吗？”

“只要您不再参与破坏行动，而且不签署造谣中伤的声明，就用不着担惊受怕。”

“你所谓的造谣中伤的声明是什么？”

“您离开这栋楼的时候自然会明白。”

“你们全都疯了。”

“您生气发狂，是因为害怕他们会伤害您，”那姑娘回击说，她接下来的话几乎是叫嚷了，“可是就因为您，五百人可能会在一夜之间失去工作，对他们的伤害您想过吗？回答啊！”

女护士和男护工惊慌地拥入病房。

“这儿怎么回事？”

“没什么。”玛塞拉向他们保证。

“情人吵架吧？”拉尔基耶揶揄道。

另一位护士质问那姑娘：

“没人告诉过您在医院里大嚷大叫是没教养吗？那么我现在告诉您。”

“您说得对，我很抱歉。”

“听好了，您觉得抱歉，在我看来说明不了什么。探视结束了。”

几分钟后，当拉尔基耶给他送药片的时候，玛塞拉说：

“你知道那个金发姑娘是来做什么的？来恐吓我的。”

“太吓人了！”拉尔基耶惊呼一声，而后伤感地说，“那个金发姑娘看上去挺严肃，我没料到她有不良企图。我得跟你坦白，我原本就知道她肯定不是卡扎利斯小姐，可还是让她进来了，因为我想叫你失望。我是个傻子，你不会原谅我的。咱们应当报警。”

“我同意，”玛塞拉答道，“但是不能用本楼层的电话打。医院肯定还有电话间。”

“有，不止一间，在一层。”

拉尔基耶觉得他说得有理：从本层拨电话，谁都有可能听见。她又补充道，打这个电话对他至关重要，她应承说自己去找值班医生谈，好准许他下楼。

医生说，据他观察玛塞拉先生的健康已大有起色，眼下他可以在走廊里散散步了。只要有护士妥善陪同，他不反对玛塞拉下楼到电话间去。

玛塞拉一刻也未曾想过要打电话报警。他给夏黛家的公寓打电话。那边有人告诉他："小姐去巴黎办理法律手续了；没见到您，她觉得很遗憾，但警察告诫她别去医院，因为有激进分子纠察队在那儿把守着；从护士那里，她已经获悉玛塞拉先生您身体康复的好消息。"接着，他又在电话簿上翻查报社的号码，跟那位记者通了话。那位先生为自己辩白一番，说访谈将在次日见报。当玛塞拉问他，能否让他快速扫一眼自己的声明，记者向他保证：

"如果他们通知我明天刊发，我今天下午就带给您过目。可以吗？那就这样！"

走出电话间，他发觉护士眼神里透着一股兴奋。她说：

"你跟我讲讲吧。我都好奇死了。"

"这事眼下没必要讨论。否则我们可能要付出重大代价。我凭良心起誓，事后肯定让你第一个知道。"

他感到自己度过了极度紧张的几个钟头。时而满心欢喜，时而焦躁不安，两种心绪交替到来，令他晕眩。不管是否乐意，报纸专访、金发女子的恐吓，使他成了医院里最受重视的几位病人之一。

当天下午，记者并没带着那篇报道来访。次日清晨，护士拉尔基耶走进他的房间，手中挥动着报纸。

“看我给你带什么来啦。占了整整一个版面。你得开香槟庆祝；但不是跟你的金发姑娘，而是跟我们庆祝。”

玛塞拉紧张地浏览了一遍自己的声明。同时，他感到一丝寒意沁入血管，他想：“现在我可真有麻烦了。”他愁苦地思忖，当初何必违背自己的利益，他甚至自问是否该向工会成员忏悔，表明赞同他们的看法，说自己原先像个傻瓜似的，怀有偏见，因为他就要和夏黛结婚了。他可以向这些人承诺，从今往后，他要为工厂免于停业而战斗，他将让这些人看到自己的利益和他们的完全相符。不过后来，他反省道：“这没用。那些人很顽固，他们绝不会原谅我。”

其实，访谈还没占到半个版面；不过放在了版面中央，这倒是真的。文章写道：“湖中惊现蓝色猫眼怪物：幸存者言。”他接着读下去：

记者：您下潜到多深?

玛塞拉：少说有一百米……这么说是估计了我们潜到湖底的时间。

记者按：“据可靠资料显示，抵达的深度不可能超过二十五至三十米。”

记者：怪物什么颜色?

玛塞拉：蓝色。那儿一切都是蓝色的。

记者：根据您的观察，这条巨虫以什么为食？

玛塞拉：以工厂排出的废料为食。这很明显。

记者：为什么这么讲？

玛塞拉：我们下潜到湖底就是为了察看有没有污染的证据。结果我们找到了最惊人的证据：直径三到四米的巨虫。在未受污染的湖里，没人见过这样的怪物。

记者：人们探讨污染以前，苏格兰的一个湖里就出现过水怪；但姑且存而不论。跟您一道下潜的几个人遭遇了什么变故？

玛塞拉：他们被怪物吞噬了。

记者：您不是说过怪物仅以工厂废料为食吗？

玛塞拉：我不认为在卡扎利斯和两位专家之前，曾有别的绅士为怪物提供膳食。

记者按："听取了玛塞拉先生怪诞而幽默的言谈后，我结束了访谈。"

读报已让他不快，医生带来的消息使得他更加烦闷。

"您自己可能还没察觉到，不过您已经可以离开本院了。祝贺您。"

玛塞拉心想他应该克服恐惧，高兴起来，因为他很快就能跟夏黛团聚了。他又拨了电话，想把好消息告诉她。但秘书对他说，夏黛小姐还在巴黎。玛塞拉想："巴黎才是我的归宿。陪伴心爱的女人，把工厂的激进分子抛得远远的。”

住在医院的最后一晚，拉尔基耶护士建议他不妨下楼到门房，跟“标准先生”（电话管理员）和看门人一起打牌。打了两三轮纸牌以后，拉尔基耶说她要到厨房为大家煮咖啡，特别是为她的小病号，以免他在这个纵情狂欢的夜晚着凉感冒。虽然装作欢快的模样，但拉尔基耶看他的眼神里却流露出焦虑，也可能是落寞失望吧。玛塞拉暗想，有些男人不必勾引就能让女人爱上他们——他当然把自己算作其中之一。“标准先生”聊起了那些站岗盯梢的纠察员。玛塞拉由看门人陪同着，摸到街门后面。看门人拉开一条窄缝，往外张望。玛塞拉问：

“还在吗？”

“我没看见他们，”看门人应道，“您来瞧瞧。”

他刚把脑袋探出去，外面就有人将他一把按倒，接着又把他提起来，用厚实的毛茸茸的物件将他裹住——他后来才知道那是条毛毯——随后他被人塞进车里。“别动，别起身，也别说话。”一个女人的声音在他耳旁轻声响起，他没有即刻听出那是谁，因为他完全迷惑了，还受了些惊吓。

尽管头脑一片昏沉，他却能反应过来是拉尔基耶护士可悲地背叛了他……“我这个蠢货，”他想道，“对女人，永远不该放松戒备。”

起初，车速很快，刹车时急迫潦草，转弯时轮胎发出尖啸声。后来，速度放缓了。有人问话，玛塞拉辨认出了那嗓音是王宫旅馆的餐厅经理：

“您肯定他们没跟上来？”

“绝对没有，”一个女人的声音应道，这次玛塞拉听出那是菲丽希塔，旅馆的女主人，“我们到家了，胡利奥。”

“我能坐起来吗？”玛塞拉问。

“开进旅馆车库以前，不行。到了我告诉你。”

他们掀掉毛毯。菲丽希塔请他原谅他们行事唐突，不过也告诉他，报社访谈刊登之后，厂里的工人们愤怒至极。

“你在旅馆里躲几天。要紧的是，他们不知道到哪儿找你。等在艾克斯莱班找累了，这些人就会返回尚贝里搜索。那时候你就行动自由了。”

玛塞拉不知是该为找到了安全的藏身之所而快慰，还是因推迟了与夏黛相会而懊丧。

最初几天，他陷入彻底的焦虑。有几次，他决意给夏黛打电话；可时常又想，有失审慎的错误，他不该再犯第二遍。最终他还是打了电话。对方说夏黛还没从巴黎返回。第二天他再次拨打。当他问起夏黛，那边将听筒转给了朗格勒里。朗格勒里说：

“我想见你。”

“您不知道，您接了电话我有多高兴。我都不记得给夏黛打过多少回电话了。”

“我知道，我知道。她让我给你捎个口信。我得当面告诉你。”

“该怎么办？”玛塞拉思忖道，“夏黛的好朋友和监护人绝不会出卖我。”他问：

“您肯定电话没被人窃听？”

“完全肯定。”

“我在艾克斯莱班的王宫旅馆。”

“我今晚就来拜访。”

“别透露您是来看我的，务必确认没人跟踪。”

他挨过了躁动不安的好一段时间。当他告知菲丽希塔，朗格勒里要来拜访，那女人生气了。她说：

“我们费尽周折把你救出来，真不值得。”

玛塞拉跟她解释（“朗格勒里是个可靠的朋友，我们完全可以信任他”，诸如此类），但那跛足女人没耐心听他讲完，转身走了，离去时砰的一声撞上房门。

玛塞拉接待朗格勒里时进行了一番温情脉脉的表演。对此他解释道：“我看他像个盟友。”而相反那位老人只是冷漠地点了点头，说道：

“我不想掩饰：你在报上的声明影响极坏。”

"我很清楚。那些激进分子……"

"我没说激进分子，"朗格勒里更正道，"我说的是我们。夏黛和我。夏黛已经继承了她父亲的遗产，开始管理工厂。而你呢，依照人们的想法，也算是个自己人，竟然没有知会任何人就站出来说了那些不稳妥，甚至是不成体统的声明。"

"我这么做是出于对夏黛的忠诚。我当时想……"

"你怎么想，我们不感兴趣。开口之前，你怎么没停下来想一想夏黛的处境已经发生了变化？原先，她是个不担负责任的女孩子，以私人身份，她可以说出任何惊世骇俗的意见；可现在她成了王国的首脑，一家雇着五百名工人的企业唯一的女主人。我不知道你听明白了没有：在这种新情况下，夏黛还会赞许某些促使她工厂关门的人吗？"

"我明白了。"玛塞拉愤愤地说。

"假使你明白，"朗格勒里答道，"那我就不理解你干吗用那种腔调讲话。工厂关门，就意味着五百人失业，两到三倍于五百的人陷入穷困。接受一位老朋友的建议吧：冷静下来，免开尊口，等待人们遗忘，等候夏黛宽恕。我保证帮你斡旋。"

随后是一阵沉默，仿佛玛塞拉在暗示，他讲给我听的故事已然结束。我问：

"朗格勒里遵守诺言了吗？"

"他娶了夏黛。"

"我没法相信！"

"就是这么回事。那段时间我很痛苦，过了好久我才发觉，原来菲丽希塔一直向我传达着充满生命力的爱意。虽说是跛子，但她还是很漂亮的，或许长久来看，她比另一个更好相处。说到女人，谁敢下断言呢？谁能预见她们以后会变成什么样？我承认这两份家产没法相提并论，但是在这么一座著名的法国温泉城市，又是城里口碑最好的一家旅馆：这份家业肯定是个坚实的依靠。反过来说，大家都很清楚，所有工业都一样，今天还代表财富，明天就意味着饥饿。"

"你准备娶菲丽希塔？"

"我们已经结婚了，老伙计。使命达成。你正在跟王宫旅馆的老板讲话。"

劳奇的会晤

星期四早晨八点整，我应该赶到帕尔多的堂胡安·佩斯的庄园，签署一项买卖牲口的协议，这是我替拍卖行完成的第一笔重要交易。拍卖行在劳奇，我工作的城市。一九二九年十二月，我谋到这个职位。过了一年，我仍在这里上班，这或许要归功于公司成员对我们家族长辈的钦敬。

星期三吃早餐时，我们谈到了次日的旅行。母亲坚持认为我不能爽约，就算星期四是圣诞节。为了打消任何拖延的借口，我父亲把他的车借给了我：一辆双排座活顶纳什旅行轿车，“他最宠爱的孩子”，在家里我们常这样说。显然，他们不愿让我错过这笔交易，既考虑到总计不菲的佣金，也因为倘若弄砸了买卖，我极可能失去工作。危机日渐严峻；人们已经在讨论失业问题。除去这些，或许我父母认为，由于我交了好运，譬如向佩斯贩售牲口这样的机会，也因为接连几回出游乡下，免除了办公室的繁琐杂役，我可能会喜欢上这份职业。他们觉得年轻人有太多闲暇是件危险的事；而且我读书过多，冒出不少古怪念头，对此他们感到惴惴不安。

刚到办公室，我就谈起这笔交易。公司的几位同事和会计的意见是，堂胡安跟我商定日期的时候，很可能没意识到星期四正好是二十五号，不过他们也说如果我不想让买卖落空，最好还是在约定的日期跑一趟。堂胡安是说一不二的人，无论这笔生意多么赚钱，只要另一方不能履行合同上最微末的细节，他完全可能取消交易。公司的一位同事评论道：

“就说由于你的疏忽而丢了买卖吧。还让你留在原来的职位上会成为一个糟糕的先例。”

“我看这笔生意丢不了。”我回答。

既然有一辆纳什轿车供我驱遣，无论如何我也不会放弃这趟旅行。为了给启程壮声势，我特意在旅馆吃午餐。旅馆女主人把所有的食客都聚拢在长餐桌的一端。加在一块儿，我们大约有五六个人：一位年长的男士、三四个旅行推销员和我本人。他们将那位年长者称为“旅客先生”。从一开始，我就厌烦这个人。他看上去过分的谦恭，叫人想起某些圣徒画像。我觉得他是个伪君子，为了不让他成为瞩目的焦点，我开始拿我和堂胡安的生意打趣。我说：

“明天我们要签合同。”

“明天是圣诞节。”旅客先生应道。

“那有什么问题？”我说。

“堂胡安的庄园在帕尔多。”其中一位旅行推销员说了一句，也可能是在发问。

“在帕尔多。”

“如果你开车去，就要穿过卡查里，那现在就该上路了。”那位旅行推销员说，他用一个含混的手势指了指窗外。

接着我就听到了雨声，抬眼瞥见了窗外的雨。室外大雨滂沱。

“再等一阵，那段路就谁都过不去了。我发誓：鬼魂也不行。”

我坐着没动，因为我不喜欢别人向我发号施令。虽说在泥地上驾驶我很有信心，但风从东面吹来，很可能会下大雨，如果不想夜里被困在路上，那最好是尽快上路。

“我这就走。”我说。

就在我穿雨衣时，旅馆女主人走过来说：

“有位绅士托我问您，如果不太麻烦，能否稍他一段路。”

“谁？”我问。

不出所料，她答道：

“旅客先生。”

“没问题。”我说。

“那太好了。他是个怪人，但阅历不少，您眼前这段行程，最好不要孤身一个人。”

“为什么？”

“那是条被诅咒的路。什么事都可能发生。”

没等别人招呼，我的旅伴就出现在眼前。他以不容混淆的独特嗓音说道：

“我叫斯维伯格。要是您愿意，我可以帮忙挂上接地链。”

“谁告诉您我要挂接地链了？”我愠怒地嘟哝道。我摇着头，从工具箱里翻找出铁链和千斤顶，自己操持活计。

“我自己能处理。”我回复道。

几分钟后，我们启程上路了。路上很难走，到处都是沼泽，而我的旅伴谈兴正浓，这把我惹恼了。我间或勉强作答，但很想把精力全都集中在道路上，一刻也不偏斜。沼泽地绵延不断，眼前这一片跟先前遇到的没什么差别。这场景是乏味的，甚至让人倦怠，但一个不小心就会引起一连串的错误。可以想见，旅客先生在谈论圣诞节以及我和堂胡安将在二十五号见面签署买卖牲口协议的事，在他看来，这是不可思议的。

“您想跟我暗示什么？”我问，“是不是想说，我和堂胡安的生意就是个谎言？编造说我受到邀请，好显得自己有身份，或者借辆车出门兜风？多美妙的旅行啊。”

“我并不认为您在撒谎。不管怎么说，我得解释清楚：区分真实和谎言并不那么容易。假以时日，很多谎言都可能变成现实。”

“我不喜欢您这种说法。”我回答。

“我感到万分遗憾。”他应道。

“您万分遗憾，但您不过是想说我在扯谎。谎言终归是谎言。”

我想旅客先生低声嘟囔了一句：“这就是您的错误所在。”我不理会他，而是专心开车，沿着地上的车辙，挂三挡，低速行驶。但我的车也没慢到遇上路面的微弱阻力就会引擎熄火的程度。借着缓慢却稳定的速度，我让车轮始终沿着车辙走，绝不偏离。“在泥地上驾驶，我是把好手。”我心里暗想。

如果说这个人让我恼怒，那并非因为他害得我没法专注于眼前的工作，而是由于他强迫我听他用那种充满父亲般的威仪而又甜腻亲切的腔调讲话。他说：

“在我们欧洲，没人在十二月二十五号签合同。”

“明白。以堂胡安和我自己的名义，请求您原谅。”

“提到这个情况，我仅仅是想举例说明习俗的差异。在南美，谁都不了解圣诞节的精神。这个日子就这么溜过去了，没人在意，除了那些盼望礼物的孩子。在德国，还有北欧，传说里的圣诞老人——他还有个别名叫诺埃尔老爹——会穿上红袍子，驾着驯鹿雪橇，给儿童送礼物。要培养孩子的想象力，还有比这则传说更好的礼物吗？”

我在脑子里快速搜寻着应答的话，想以某种方式透露我的敌意。最后我说：

“就好像他们灌输给儿童的谎言还不够多似的，还得加上这个。这些人想干什么？他们什么都不相信吗？”

“这个不用担心，”他回答，“人们不会那么轻易地放弃信仰。”

“就算他们知道那些不过是谎言？”

渡过乌埃索河的湍流之后，路面极难通行，不久变成了望不到边的沼泽地。旅客先生说：

“您觉得我们能离开这片沼泽吗？我觉得挺困难。再往前还会碰到更差的路面。”

“您真会加油鼓劲。”

“遇到年月久远的沼泽地，是要多加小心的。这条路上有些沼泽年头久远，本区域的地图上都会把名字之类的标出来。”

“您见过这样的地图？”

“有人亲眼见过，瓜纳科磨坊厂的代理人。像他那样的汉子不会瞎说。”

我们往前开到另一片地界，路面虽泥泞，却坚实些。我说：

“我们能不能走出去？”

“他心里装着信仰，所以他成功了。可您否定信仰。”

“如果我没会错意，小心驾驶倒成了最无关紧要的。”

一旦有人不承认我的驾驶技术，我就很恼火。

不但这场雨没有停歇的意思，雷电还一连闪耀了好几次。最强的几道闪电在几秒钟内照亮了云团间的巨大洞穴。旅客先生口气坚定地说：

“每当出现今天这样的闪电，有些人就会往天上看，琢磨着在那些空洞中间是不是能瞥见上帝或天使。有人说见到过。”

“而您就信以为真。就跟您相信瓜纳科磨坊厂的代理人一样。”

“我可以把那句谚语‘眼见为凭’反过来说：信，而后能见。”

“那您一定见了不少。”

“比您见得多，年轻的朋友，稍微多一些。是我从以往的生活经验里得来的，也包括旅行见闻。”

“这论调多权威啊。”

“也有分量。”

“在您的旅行当中，有没有值得一说的见闻呀？您看到过云雾间的上帝吗？”

“如果您问的是天与地的创造者，我自然要回答，没见过。”

“那是好事。”

“创世纪以后他就隐退了，好让人类可以按照自己的意愿享用我们的地球。”

“我敢打赌，您肯定是言之有据。现在天堂里是不是空空荡荡的了？”

“您怎么会这样想？自从世界肇始以来，我们就和自己的神灵栖居在一起。您如实告诉我：眼下您是不是领悟了信仰的重要性？”

我回了他一句，或许算得上粗暴无礼：

“我看，眼下最要紧的，是我们正要穿过的这片沼泽地。”

沼泽地浆水浓稠，深不可测，像先前几处一样，看上去全无边际。

“太难走了，”旅客先生说，“换作是我，我就挂二挡。”

“我没征求别人的建议。”

“我明白，但我怀疑我们就要陷下去了。不是泄您的气。可以的话，就往前开吧。”

“我当然要往前开。”

接下来是一段漫长而颠簸的车程。上下起伏那一刻，当时感觉极其严重，但事后很快就遗忘了。

“您生气了吗？”他问。

“跟您聊天，谁都会头昏脑涨。您没发现吗？”

“我发现您是个好司机。就因为这个，我没去担心沼泽地，而是跟您聊聊更高明的话题。这么起头儿吧：还记得刚才告诉您的好消息吗：天堂并非空空荡荡，从来都不是。”

“那真走运。”

别问我发生了什么。一定是专心驾驶让我太疲惫了，也可能是因为绵延不绝的沼泽地或是旅客先生说出的那个出人意料的消息。我开始漫不经心地开车，胜券在握似的，回应着飘忽而逝的颠簸震动，以此作为放松。旅客先生仍滔滔不绝。他解释说：

“天堂——请听好了——是思维的投影。人们把信仰中的神明安顿在那儿。有一个时期，埃及的神统辖天堂。后来他们被希腊罗马的诸神驱逐。现在，我们的神在那里统治着。”

“真该死，”我叫嚷道，同时瞥见了旅客先生诧异的神情，接着又加了一句，“总算出事了，都怪你跟可怜的司机说个没完。”

我们陷进沼泽里了。我努力想把车开出来，先往前，随即往后，但毫无效果。我意识到一味坚持也是白费劲。

“不要失去耐心。”他说。

我反驳道：

“您用不着明天赶到帕尔多。”

“说不定会出现什么人，把我们拖出来。”

“您在这条路上见到过别的车吗？我没见过。鸟也甭想从这儿飞过去。”

“那么请允许我来帮帮忙。”

“您要去推车？”

“那样我们肯定出不去。”

"我明白。外面下着大雨，遍地是泥。"

"我怕您不喜欢我的提议。不过您已经尽力想把车开出去，但是办不到，对不对？让我来试一试。"

"您的开车技术更好？"

"不是那个问题。"

"那是什么问题？"

"让别人碰碰运气。不管怎么说，我们现在还能做什么呢？空等下去，按照您的说法完全没用，因为没人从这儿经过。当然啦，或许您并不想明天赶到帕尔多。"

"明天到不了帕尔多，我就有大麻烦了。"

"那就让我试试。"

也许是出于迷惑，我问道：

"给您让位子，我就该打开车门，自己跳进沼泽里？显然您也不想浑身湿透沾一身泥。"

"没那个必要，"他说，随后翻过椅背，滑到后座。"挪过来，请吧。"

他占了我的座位，打开启动装置。我还琢磨着能提点什么意见，而轿车已开始往前挪动了，缓慢却坚定，不知不觉间很快便开到一处平整坚实的地面上——无疑，那地方先前没下多少雨。旅客先生加速。我警惕地望着速度表盘，同时听见铁链反复敲击挡泥板的响动。

“没听见吗？”我直截了当地问，“停车，伙计，停下来。我要把链子卸掉。”

“我来吧，要是您愿意。”

“用不着。”我说。

我跳下车。暴风雨过后的晚霞倾注在种种色彩里，使之愈发浓烈。我望向四周开阔的原野，翻耕过的农田显出褐色，其余是一派青绿；铁丝围篱蓝灰相间；几头奶牛被映成红色与粉色。卸下铁链后，我喝令道：

“往前开。”

他把轿车向前开了一两米。我拾起地上的链条，放进工具箱，抬眼向前望去。旅客先生没坐在车里。裸露的旷野没地方可以藏身，我感到茫然失措，在愦懑中揣想他是否已然消失。

加　图

有那么几年，我总说豪尔赫·达韦尔是个二流演员，是另一位二流男星约翰·吉尔伯特[①]的效颦者。照我的理解，他拥有众多的追捧者只能证明名声这件事全无道理可言；那些人叫他“俊脸”，更是命运的讥刺。我还习惯性地加上一句，仿佛归纳一条结论似的：“在给他起绰号这件事上，我们的观众不过是模仿另一群数目更庞大的影迷，那些人把某位好莱坞男星称为‘侧影’。”

然而，那一晚在司马特剧院看了他的表演之后，我便永远抛弃了那套挖苦贬损的说辞。他和鲍丽娜·辛格曼联袂主演《战地之花》[②]，一部金·维多导演的老电影的舞台改编版。演出当中，我不仅忘了该为报社撰写的剧评，也忘了自己正坐在剧场观众席里。换句话说，我相信自己与《战地之花》的主人公一道，在法国某地战壕的泥泞里，听着第一次世界大战的子弹尖啸飞过。

---

① 约翰·吉尔伯特（1897—1936），美国演员，默片时代的电影巨星。

② 一九二五年由金·维多导演，约翰·吉尔伯特主演的默片。

过了一段日子，我离开报业，在乡下谋了份差事。考虑到我的家族前辈，别人总觉得这份工作适合我。对这一点我并不抱有幻想，不过我思量着在孤寂当中或许可以写成那部小说。那部书，我多少次兴冲冲地起了头，最后又多少次在颓丧中偃旗息鼓。

在我工作的“古巴姑娘”农场，午睡时分我常常读报。时不时地，我总要搜寻关于达韦尔的新闻；在那里度过的三年间，我读到的消息极少。达韦尔曾参与为一位前辈女演员组织的义演；在一个男演员的葬礼上露过面，如果我没记错，还出席了加西亚·贝略索[①]一出喜剧的首演。这些新闻我都记得，因为读这些消息时我投注了不少精力，对真正惦念的事情人们才会如此全神贯注。我自问，是否因为曾对这位伟大的演员怀有成见，我才要特地弥补，就算仅仅是为了自己。

返回布宜诺斯艾利斯后，我的小说出版了。或许因为它取得了些许成绩，我也算是个成名作家了（当出现了几篇书评，小说还摆在书店里的时候），或许是人们还记得我原先负责日报演出版，总之我被提名为评选年度最佳演员奖的委员之一。在评委见面会上，我和格林伯格交上了朋友，他是滑稽剧《最后的心上人》的作者。投票当晚，我们在阿尔西纳街和贝尔纳多·德·伊里戈延街转角的

① 加西亚·贝略索（1880—1938），阿根廷著名导演、剧作家。

那家咖啡馆坐了一会儿。我还记得格林伯格的一句评语：

“我们为最佳演员评奖。但他们所有人和达韦尔那样一位演员相差实在太远！可想想吧，眼下这些日子，达韦尔没戏可演。没人用他。”

我问为什么。他回答：

“人们说他老了。说他除了那张脸什么资本也没有，只要一露脸，表演就算结束。现在当男主角，他那一套不时兴了。”

“这个国家没救了。”

“出了一位伟大的演员，可没人留意。”

“您和我，我们注意到了。”

“还能再加上一两个人。夸尔图奇说，达韦尔是戏剧界的奇迹，罕有的伟大演员中的一位。他跟我说：‘每当有点空闲时间，我就去看他工作，因为他表演得那么自然，你会觉得当演员是世界上最简单的事。’”

“那我们三个拥护达韦尔。”

“你可以把卡维利亚也算上。有天下午他和达韦尔聚会，在咖啡馆聊天。而后不久，他又在《夏日疯狂》的舞台上看见他了。我想我还记得卡维利亚的原话：‘我吓了自己一跳，我在想，恩里克就要欺骗他的侄女了。’注意到了吗？他认为眼前的人是恩里克，这出喜剧里的一个人物，而不是达韦尔。他说类似的事在他身上从没发生过；他说自己是专业人士：如果进剧场，总是专注于演技，况且拉费雷雷①的戏他都能背下来。可那个瞬间，他完全被戏剧幻觉抓住了。他想只有达韦尔的演技才能达到这个效果。”

那次与格林伯格谈话以后，别的事情长久吸引了我的注意力。虽然那些神奇的字眼被书商朋友们反复念叨了许多遍，“你那本漂亮的小说卖得不错”，可它带来的收益却无论如何维持不了生计。我想找份工作，等把乡下积存的储蓄差不多花光时，我也刚好谋到了职位。那几年生计窘迫，至少是徒劳无功。白天在办公室忙忙碌碌，晚上到家后我也无心写作。但偶尔，我也能振作起来，每礼拜都零敲碎打地写上几笔，时断时续一年下来，总算完成了第二部小说，虽然比第一本短些。旋即我也就体验到了我们这个行当最苦涩的一面：夹着手稿，四处奔波。有些编辑看上去已经不记得我的第一本小说了，当我谈起当年的盛况，他们将信将疑。若是编辑对那本小书记忆犹新，则会说这一部不及原先的精彩，为了表明会谈已经结束，他们会摇晃着脑袋宣布说：“你不如放弃吧。第二本小说纯属败笔。”

一天，我在学院咖啡馆和格林伯格碰面。我即刻就想起了达韦尔，于是向他打听。他说：

---

① 拉费雷雷（1867—1913），阿根廷剧作家与政治家。

“是个悲惨的故事。起先他把车卖了；后来房子也转手了。生计艰难。还有个男演员跟他境况差不多，这人告诉我，他们曾经一块儿在外省巡演。巡演期间他们实际上住在候车室里，一杯牛奶咖啡、几片面包就算凑合一顿饭。可这位男演员跟我保证说，这点艰难干扰不了达韦尔的好心情。只要还能工作，他就挺高兴。”

独裁政府时期，巡演的机会越来越少，到最后索性终止了。整个国家进入停滞状态，因为只要力所能及，人们都选择隐逸蛰伏，好让别人忘了自己。遗忘似乎是那段日子最好的避难所。至于达韦尔，同样遭人遗忘，虽然他并没有刻意谋求平安。他没有理由寻觅避难所，因为他从不涉身政治，即便是演员协会的内部政治。如此一来，救助他，既不算保护盟友，也不能施恩于政敌，那么也就没人向他伸出援助之手。这段时日，达韦尔大部分时间都在失业中度过。

后来有一天，我忘了在哪儿惊喜地读到达韦尔即将领衔主演《加图》①的消息。报道说，下一个演出季，这部著名悲剧将在多艺剧场重现舞台。那一周的某个晚上，我和格林伯格聊起了这则新闻。

“有时候，料想不到的事就那么发生了。”他慨叹说。

---

① 英国诗人、剧作家约瑟夫·阿狄生（1672—1719）作于一七一二年的悲剧。

“我期待已久，”我说，“真是怪哉，在我们这个时代，居然还有一位剧院经理会记得这部古典戏剧里的瑰宝，真正不可思议的是，他居然有这双慧眼，挑中达韦尔来演加图这个角色。”

“不是剧院经理一个人的功劳。”

接下来他向我解释说，那位叫做罗马诺的剧院经理选中了悲剧《加图》，是因为剧作家已经死了两百多年，不可能跳起来索要版权。

“录用达韦尔的功劳还得算在人家头上。”我应道。

“剧院经理的夫人原来是达韦尔的女友，人是她推荐的。”

我脸上肯定露出了不悦的表情，否则格林伯格不会问我出了什么事。

“没什么……我崇敬达韦尔，差不多是热爱他，所以我希望如果他交了好运，这里面的来龙去脉也应该是清白干净的。”

尽管格林伯格身材矮小，时常痉挛抽搐，总体看上去懒散虚弱，但你不得不敬佩他的思辨力量。

“你乐不乐意无关紧要，”他口气坚定地对我说，“一位女士恳请她丈夫救助正在落难的旧情人，无疑是慷慨、高贵的。”

“我钦佩她……”

“应该钦佩他们每个人。达韦尔值得钦佩，因为他什么也没要求，因为他配得上旧情人在激情过去后，还站出来替他讲话。那位剧院经理值得钦佩，因为他的做派像个真正的专业人士。别人把好演员推荐给他，他就录用了，不受私人生活的干扰。”

首演当晚，多艺剧场的票几乎售罄。我记得很清楚，戏刚刚开场，有几分钟我心神不宁，对自己说：“演出或许成功，或许失败。结果如何，稍后见分晓。”其实，用不着等待多久。不是说我觉得戏很差。无可否认这出剧作有不少史诗般崇高的时刻，但我想与其说是悲剧，不如说它是戏剧体长诗，文学性很强，这不假，但也相当无趣。大可以说，主人公的处境引人焦虑，然而当剧作家出其不意地插进一段不可信而近乎愚蠢的爱情故事，情节也就失去了动力。奇怪的是，正当我思量着：“达韦尔已经幸运地获得了工作，他本该更幸运些，遇到一部好剧本，”我却望向加图，我是说望向饰演加图这一角色的达韦尔，心想我甘愿献出一切，好让他战胜恺撒，拯救乌提卡城。是的，我甚至为乌提卡城的命运忧心忡忡，某些时刻我祈望拥有诸神都不具备的力量，去改写历史。在达韦尔脸上（我曾以为这副面孔无足轻重）——有些人的面容随着年华老去而愈发俊朗，这张脸便是其中之一——我分明看到了准备为共和国的自由而牺牲的英雄气概。当加图的一个儿子——一位叫人难以信服的演员——说道：“我们的父亲为荣誉而战，为美德而战，为自由与罗马而战。”我几乎要落泪。

时至今日，读者或许以为我的任何评价都是多余的。戏剧的成功，演出的反响，都愈加证实了这一观点。从第三晚、第四晚开始，剧场就爆满了。你要提前十五到二十天订票，这种情况在那个时期的布宜诺斯艾利斯颇不寻常。还有一件不同寻常的事：观众一致将抨击恺撒的言论理解为针对我国独裁者的鞭挞，呼唤罗马的自由恰如呼唤我们失去的自由。我能肯定，他们如此阐释这出戏完全是出自个人意愿。正像有人说的，每一本书，读者皆可以按照自己的理解去阅读，那么多艺剧场的演出则证明了论及观众和剧作时，这种说法同样成立。别以为说到观众时，我将自己排除在外……当加图说道："从此再无罗马。啊，自由！啊，美德！啊，我的父母之邦！"又一次，我感到泪水湿润了双眼。

日复一日，剧场内变得越发喧腾、越发失控。有时候我问自己——何必否认呢？——多艺剧场的骚乱虽然始自良好意图，但或许会损伤我们的事业？政府可以轻易地查封剧院，进而在政治斗争中抢占先机。实际上，温和派出于对暴乱的本能恐惧，在策略上支持这一举措并非不可能，虽然他们跟我们一样痛恨独裁。

对很多人来说，达韦尔与加图是彻头彻尾的同一个人。在街上，人们时常跟他打招呼，"再会，加图！"或者有时候说，"加图万岁！"

我们当中以这样或那样的方式介入这场戏的人们，很可能夸大了多艺剧场的演出对后续事件的影响；但事实上，密谋者对这一影响坚信不疑。这点我很清楚，因为我被指派跟达韦尔商谈，争取他加盟自由事业。我们希望在胜利时刻可以宣称，我们的伟大演员始终站在革命这一边。我们祈盼这种说法不要与事实出入太大，也不必面临他矢口否认的风险。

我邀请他在阿尔西纳街和贝尔纳多·德·伊里戈延街转角的咖啡馆见面。我想那首探戈曲唱得不错，岁月带来的变化是非常奇特的：达韦尔的面容现在几乎不会让人想起约翰·吉尔伯特，而是更像查尔斯·劳顿①。他的表情忧伤、疲惫，但也流露出富于耐心的无限坚毅。但不管怎样，当我告诉他，我对他的崇拜始自《战地之花》在司马特剧院的首演之夜，我敢起誓，那一刻他看上去更年轻，而且又有些神似约翰·吉尔伯特了。他急切地问：

“您真的觉得我撑得起那个角色吗？”

“首先我觉得舞台剧很难和电影争高下。但就算没有电影里的实景帮忙，司马特剧院的观众还是真切地相信你就身处战场前线。进一步说，是你亲身把我们带到了前线。”

谈话片刻之后，我直言问他，是否愿意给我们帮助。

“那当然，”他回答，“我反对独裁。你不记得我在第二幕说过什么？”

---

① 查尔斯·劳顿（1899—1962），英裔美国演员、导演。

“在《加图》第二幕？”

“还能在哪儿？请听仔细。我说：‘在更好的机遇到来之前，应拔剑出鞘，擦亮剑锋，以迎接恺撒。’”

起初我欣赏这个答复，将其中的虚夸成分理解为忠诚和勇气的承诺。但后来，出于某些难以言说的缘故，我感觉无法下定论。“不管怎样，他回答得非常坚决，”我对自己说，“这就很了不起。”

政府肯定把多艺剧场声势扰攘的演出看得非常严重，因为某天夜里警察逮捕了经理、导演和演员们，查封了剧场。次日清晨，他们释放了所有人，除了经理和达韦尔。最终经理也获释了。至于主演，拖到几天之后才重获自由。我揣测官方不能原谅他扮演独裁者之敌的角色，而释放达韦尔是因为他们自己也意识到他不过是个演员。

跟我预想的恰恰相反，查封多艺剧场损害了政府。或许民众相信，倘若政府把一出戏看得太重，这样的政府一定张皇失措、脆弱不堪。

我们把这一推测认定为现实，从那时起公开筹划起事。首先在私人寓所，随后是餐馆，频繁组织人头攒动的集会。席间永远缺不了运动的各路头头儿。聚会上，发言者们呼唤革命来临，并承诺推进革命。宴会长桌旁，达韦尔永远占据一个引人瞩目的位置；当然不是坐首席，但总是出现在某位显要人物的右手边。

有一天，一位女士给我打电话，她说：

“您不认识我。我是罗马诺的妻子，露丝·罗马诺。我必须和您当面谈谈。”

或者是因为缺乏想象力，或者是听凭习惯的引领，我安排她在阿尔西纳街和贝尔纳多·德·伊里戈延街转角的咖啡馆与我见面。

她是个很有魅力的女人，不算很年轻，身材颀长，沉静，黑色头发，面容苍白，那双漂亮的眼睛直视你的脸。她对我说：

“你们在利用达韦尔。政客做这种事，我不惊讶。众所周知，那些人无所忌惮。可您是个作家。”

“这有什么关系吗？”

“你们不止是利用他：还让他身处险境。”

“从《加图》首演第一晚开始，达韦尔就已经把自己摆在危险境地了。”我这样回答，与实情相差不远。

“我同意。这是我的错。”

“我不是这个意思。”

“您没有这么讲，但事实如此。不过，这中间是有差别的。我只是帮他获得戏里的一个角色。您找他，是想在政治斗争中利用他。达韦尔没有选择这种命运。”

“但他自己并不觉得有什么不妥。他认同他的角色。他想和独裁做斗争。”

“这种信念，就他而言，不能跟您的信念相比，也不能和政治家的信念相比，形成的方式也不同。达韦尔还是在表演。”

为了捍卫自己的立场，我说：

“我们都在表演。”

“是啊，不过现在您的表演出了差错。你们知道自己在做什么吗？”

“邀请一位公民加入我们的战斗。”

“还不如说是要求一个无辜的人自寻死路。”

“这太夸张了，您过于为难我了。”

“您过于为难达韦尔了。”

与露丝谈话以前，这些事实虽说我早已知晓，却并不困扰我。但从那以后，意识到自己做错了事，我备感苦恼。所幸我也无需深责，因为革命旋即成功，达韦尔毫发无伤。

我们没忘记他。所有的庆功仪式上都给他预留了一个荣耀的位子。在新政权提议下，我安排他担任文化领导机构和其他政府部门的几个公职。他不接受这些职务，说只想在剧场工作。国家剧院的领导们向我保证，将诚心满足他的期望。

一天晚上，我在出版界的晚宴上碰到了达韦尔。就像参加过同一场战役的两个老兵，我们追忆起独裁时期的重大事件。在某个时刻，我说：

“多不可思议啊，所有的事就这么发生了。同样不可思议的是，一切都结束了。像一场噩梦。”停顿片刻，我又加上一句：“因为您的业绩，这个国家对您有所亏欠。”

“每个人都完成了自己分内的事。”

“说得不错，可是再没有一处地方能和多艺剧场那样的风暴中心相比了。我们欠您多少，我心里清楚。”

“除了观众的喝彩，一个演员还能祈盼什么呢？剧场都快被他们震塌了。那种场面我永远也忘不了。”

谈话沿着两条平行的轨迹延续着。达韦尔跟我讲他作为演员的工作，而我叙说着他为了自由事业做出了怎样的贡献。最后他承认：

“大家都相信那是个恐怖的年代，但我很想补充一句：‘对我来说，不是。’想想吧：我拥有一个能给我带来所有满足感的角色，而且我喜欢这出戏，它又取得了巨大成功。下面这句话，不足为外人道：对我而言，那个恐怖的年代美妙至极。”

“那是当然，”我缓缓说道，好让我的词句能触到他的良知，“一个人还能奢求什么呢？既效力于高尚的事业，又能做出一番成就。”

他以赞同的口吻答道：

“不错。在表演事业上能有所成就，这是最要紧的。”

我几乎要停止交谈了，可是当一股怒气涌上来时，我问自己：“干吗不迫使这个这个死脑筋理解我的意思呢？”

“我同意你的看法，”我说，“娱乐观众是很好的，但是……您并不是说，没有什么比戏剧更重要，对吧？”

“如果我不这么想，我就不会成为一个好演员。”

“那么，您这么想，是因为对自己有利？”

“是信念，这么说更恰当。”

“这太狂傲了。”

“除非我们每个人都相信自己的工作绝顶重要，否则这个世界没法按照应有的方式运转。”

“在这一点上，咱们能相互理解。”

“我不希望欺骗您。戏剧对我来说是第一位的。您记得哈姆雷特是怎么说的吗？我记得，因为我演过哈姆雷特。”他沉默片刻，再次开口时并没有抬高嗓音，他念道：“阁下，可否请你给这班演员安排个好住处？你听见没有，要好好款待他们，因为他们正是当代的简史，社会的提要。”①

他的演剧天赋如此超凡，以致瞬间我竟感到达韦尔是正从一方舞台上向我讲话，而我正坐在观众席里。

---

① 语出《哈姆雷特》第二幕第二景。

此前，我从没像这个时期这样参加过如此众多的宴会。某一场宴会是演员协会组织的募捐活动，入席时发现我坐在胖子巴厘拉利旁边，此人是聚会上的活宝，他自己也承认，是个“热衷此道的竞选活动家”。身旁另一侧坐着一位瘦削而易激动的年轻人，我后来才知道他是瓦尔特·佩雷斯。搞地下运动那几年，他的名字经常出现，而且总是前头标注或后面紧跟着“激进分子”这个词。不知为什么，我还经常把这个人和“铤而走险”这一字眼联系在一起。巴厘拉利把瓦尔特描述为“最不宽容的自由捍卫者”。不得不承认，整个晚宴，听着瓦尔特讲述他的小组如何跟其他党派的小伙子们发生对抗冲撞，我和胖子一直笑得前仰后合。而如今，我并不觉得那些故事有多可笑了。

餐桌另一头，露丝·罗马诺和达韦尔在交谈。倘若能坐在他们俩身边，我肯定感到十分愉快。那天晚上，露丝看起来特别有魅力。当我们离席时，她走到我身边，低语道：

“祝贺您的小兄弟。”

“您指的是谁？”

“还能有谁？当然是瓦尔特。”

“一个有用的角色，”我评论道，仅仅是复述我战友们的看法，“他关心自由事业。”

“关心得过了头。这人相信理念，但蔑视人。”

“这么说，他是个哲学家。”

“他是个疯子。”

“党为了谨慎合理的理念而斗争。这跟表达我们的嫉妒和怨恨不一样。”

“这么说，您也承认瓦尔特和你们格格不入？”

“我只是说任何一个政党都时不时地需要一点教条主义，甚至极端主义。像佩雷斯这样的小伙子，很多情况下是非常有用的。”

看见罗马诺走过来，露丝一把挽住他的手臂，而后牵着他愤愤然离去。她的态度让我迷惑不已。

至于达韦尔，他又接连几年没有工作，生活清寒。正如我说过的，国家剧院很乐意听从我的建议，但出于种种缘故，他们并没有聘用他。其他剧团的经理甚至记不清他是谁了。所幸，我们还不断向他表达谢意。在无休止的官方庆典与众多晚宴上，他都是我们的座上宾。当然，见到他每次都穿着同一身勉强算得上体面的旧西装，我们心里难免混杂着厌烦与内疚。

或许生活永远是周而复始的，某一天我又听到了好消息：罗马诺启用达韦尔，重排《加图》。这轮演出将安排在阿波罗剧院。

不久，某天傍晚，我即将离开办公室的时候，电话响了。我听出是露丝·罗马诺的声音，虽然接线不畅，通话始终夹缠着沙沙声。她的意图我却听明白了：一定要约我见面，求我办些事。通话被切断了。我一时兴起了两种互不相容的反应：想见她，对她好奇，可又怕被烦人的要求打扰。后来她又来过电话，打了好几回。我的女秘书总是告诉她，我出去了或者在开会。经过短暂却次数频繁的交谈，她们之间有了某种情谊，最后露丝跟她解释了为什么要打电话来。

等女秘书把口信转述给我，我嘟哝道："女人脑子里都在想些什么啊！"事实上，露丝·罗马诺是恳请我们的政府禁止重排《加图》这出戏。我绝没听错。

我猜想，出于无知无觉或心不在焉，达韦尔伤了她的感情，把露丝对他始终怀有的亲近之情变成了恼恨。

《加图》重排后发生的事，证明那个女人当初的请求并非毫无来由。每晚演出，观众都变得越来越狂热，越来越有威胁力。我必须承认，一开始很难理解观众高声喝彩是在反对我们。借用这出悲剧来攻击一个以匡扶自由为最大勋业的政府，这听上去是那么的不可思议。

某一次，我们参加了双方共同的朋友家里的一场聚会，露丝跟我做了解释。在阿波罗剧院鼓掌欢呼的人，是独裁时期的官员和党羽徒众。他们要讨还失去的自由。

"他们那边肯定也有自己的瓦尔特·佩雷斯。"她说。

"什么叫他们的瓦尔特·佩雷斯？"我问。

“您怎么会不明白？”

“我不明白。”

“显而易见的。如果说《加图》第一轮演出时，你们派瓦尔特指挥煽动者……”

“多艺剧场的事件是自发的。”我反驳道。

“同时由瓦尔特挑头儿。可以肯定，现在这帮人也有像他这样的狂热分子可以倚重。”

“把一位捍卫自由的年轻人和效忠独裁的流氓恶棍相提并论，我认为是不恰当的。”

“您说话的口气像个地道的政客；但是您不得不同意：对瓦尔特·佩雷斯那样的暴徒来说，高贵的自由事业又算得了什么？”

我本想告诉她，她说话的口气像个古板的女教师，但忍住没说。我用如下话语回应她，对别人我也这么讲：

“一位受到我们特别关照的演员，现在却甘愿被他人利用来反对我们，我觉得难过。”

“这是背叛。”有人怒斥。

“我不会把话说到那个程度，”我解释道，“只能说，我有些痛苦地冷眼观看他的作为。”

大约过了一周或更久，某天午夜，我被电话惊起。一个女人的声音质问我：

“现在你高兴了？”

其实我当时很困，因此很难理解这话的意思。我把问题重复了一遍，像个白痴似的：

“你是谁？”

这话问得毫无意义，因为我已猜到电话是谁打来的。

“告诉我，你现在是不是心满意足了，”她一再追问，沉默片刻，又说，“或者你还没听说？”

“我不知道你要跟我说什么。”

露丝说：

“那么你等着吧。”

“等什么？”

“明天你就知道了。”

她挂断电话。我想回拨过去，但转念又作罢。我猜到发生了什么事，虽然我喃喃自语了好几遍：“这不可能。”

第二天，我得知了事情的始末。说也奇怪：虽然听到这则消息时早有准备，我还是茫然失措。一如昨夜猜度这则消息时那样失魂落魄，而且颇为伤感。有如老友亡故，或许该提前起草一份悼文或演讲稿。我自语道，斯人已逝，这标志着阿根廷戏剧最辉煌的时代已然终结。

报上的信息相当完备，内政部的朋友又为我补足了余下的部分。事情发生在昨晚演出的最后一幕即将结束时。将剑锋刺进自己身体后，弥留之际的加图为反恺撒运动义士的命运感到担忧。他听取了众人的逃亡计划，为他们祝祷，与之诀别，而后死去。就在此时，传来一声枪响。剧场内发生了巨大的骚乱。不少人指向一间包厢。另一间包厢有人猝然离去。起初没人知道到底出了什么事。不久大家才发觉达韦尔中弹身亡，很可能是被人从包厢射杀的。警方在那儿碰到了瓦尔特·佩雷斯，还有他的两个手下。这几个人身上没带武器。至于从另一间包厢离开的人，早就杳无踪迹了。

人们推举我在恰卡利塔墓园致辞。我婉拒了，因为心情难以平复。同时也觉得应该由另一位更懂戏剧且贴近演员内心的人来致悼词。罗马诺在墓前讲话中说，对演员而言，最好的结局是死在舞台上，与他的角色一道逝去。一名政府代表也讲了话。格林伯格不知从哪儿冒出来，一把拉住我的胳膊，让我吃惊不小。他在我耳旁低声说：

“现在表达敬意，晚了。”

航海者返乡

我想，观看《印度之行》是因为电影名字里有我的国家。走出电影院，我径直进了地铁——或者叫 Metro，这里的人们如此称呼它——赶往大使馆，我每天要在那儿工作个把小时。在使馆挣得的钱，准许我享受些许奢侈，使得当穷学生的日子能够鲜亮一些。可我怀疑正由于这点奢侈，才让我近来堕入某种梦游状态，时常落到窘迫的境地。眼下就是个例子：依稀记得乘地铁旅行，我瞥见自己舒适地坐在那儿，虽然不乏证据表明，此时的我正站在车厢门边，手握住铁杆，列车急停或开动的刹那，我几乎要跌倒。我心里混杂着悲悯和轻蔑，从那儿望去，看见一个衣衫破烂不堪的柬埔寨学生坐在车厢中段，头抵在窗玻璃上打瞌睡。他的头发蓬乱肮脏，中间露出头皮褶皱的一圈秃顶；胡茬稀稀拉拉，显然三四天没刮了。他在沉睡中憨笑，嘴唇快速而轻柔地翕动着，好像正低声细语地跟自己亲密交谈。我想："他看上去挺快活，虽然没有快活的道理。跟我一样，他生活在敌视他的欧洲人中间，尽管那些人竭力掩饰这一点。欧洲人只要认定谁跟自己不同，就总是怀有敌意。就这层意思说，我们印度人有点优势，因为差异小一些；可相较于这个样貌太过奇异的男孩子，谁又没有一点优势呢？就算他是西方人，又来自北欧，也会被看成地球上最卑贱者的代表。就算是我，自认是个不存偏见的人，也不敢贸然信任他。”

我在拉穆埃特车站下了地铁，很快发觉自己已经走到阿尔弗莱德-德奥当克街①，大使馆就在这条街上。让人感到不可思议的是，看门人没认出我来，不肯放我进去。在我们挥拳厮打时，那人高喊“走开！走开！”一连好几遍。最后几声叫嚷，有一句变成了友善的“Sour-sday”，在柬埔寨语里就是“早晨好”的意思。我睁开双眼，仍旧迷迷糊糊的，却看见我的一位朋友，一个出租车司机兼本国同胞，正在摇晃我，想把我唤醒，同时重复念叨着那句问候语，并且说：“咱们该下车了，到地方了。”我站起身，走出车厢时险些绊倒；我紧随同胞沿着站台走，一句话也不敢问，生怕出什么差错，让他以为我发疯了或者吸了毒。上台阶前，我走过一面镜子，此时我有了惊人的发现。虽然早有预感，但这发现仍叫我痛苦不已。我的意思是，镜中映出，我长着肮脏的头发，脸上满是三四天

① 位于巴黎十六区。

没刮的稀疏胡茬；但坦白说，最让我恼火的是在那一瞬间，我意识到自己的嘴唇在轻快翕动着；更糟的是，我憨笑着自言自语，如同一个白痴。

我们的旅行（一组日记）

F.B.选编并做题跋

题　记

杰克逊出版社的总编辑告诉我，他正筹划编纂一套旅行日记选，让我手头若有素材，便寄给他。可当我重读自己写于一九六〇年与一九六四年的两本日记时，却出于难以解说的缘由而无心出版。故此，我推荐了卢西奥·埃雷拉的《我们的旅行》。说实话，我担心这部日记会被退稿，它或许不符合此类作品的读者们的期待。但出版社接受了，将它收纳为一套精美文集里的一种。这套书以红色仿皮装帧，封面烫有金字。杰克逊出版社印行多卷文集时，往往搭配漆面木质书架一同售卖，本丛书亦属此类。鉴于我朋友埃雷拉的《旅行日记》极可能与蒂蒙的《演说家手册》①、威尔·杜兰②的

---

① 《演说家手册》分为两册，作者是法国人约瑟夫·马里·蒂蒙。

② 威尔·杜兰（1885—1981），美国作家、历史学者、哲学家，其代表作为《文明的故事》，共计十一卷。

浩繁巨制、插图本百年纪念版《堂吉诃德》及金色牛皮精装的《马丁·菲耶罗》[①]一道，酣睡在那些不爱读书之人的客厅里，我决意在此卷中重刊这组日记，以期在好书店里出售。

F.B.

我们的旅行（卢西奥·埃雷拉的日记）

布宜诺斯艾利斯　新港　一九六八年一月三日

我惊喜地在人群里发现了帕戈·巴维里那张砖色的圆脸，以及那对圆溜溜的深色眼睛。“你也坐巴斯德号出游吗？”我问他。有他作旅伴，是件多么惬意的事。我把他介绍给卡门认识。稍后，当我俩登上舷梯时，卡门问我：“他自己一个人旅行？”“我想是吧。”“你的朋友有点古怪，不是吗？”“也不算吧，不是你想的那种情况。”“那又是什么情况？”“我们干吗要讨论这个？每个人都有自己的活法嘛。”“你瞧我多傻。我从来没想到你还有秘密瞒着我。还以为你爱我，就像我爱你一样。”为了不让旅途以争吵开始，我只得牺牲朋友。“你听我说，”我回答，“我不知道怎么跟你解释。巴维里这个人，从来不平庸守旧。他说，女人是我们为了快活而不得不

---

① 《马丁·菲耶罗》，阿根廷诗人何塞·埃尔南德斯（1834—1886）创作的高乔史诗。

缴的税。”“就因为他说过这种鬼话，你就认为他不平庸、不守旧？要我说，他是个地道的大男子主义者，这路人在我们国家再常见不过了。为了不跟女人出游，这个白痴就自己旅行？”“是啊，虽然他自己不会承认。”“这么说，他还是个骗子？大男子主义者兼谎言家。老实告诉你，我已经受够你的朋友了。”“他旅行时带着一个充气娃娃。”“你没骗我吧！如果是真的，他可真够变态的！必须立刻跟他谈谈。要是你不跟他说，我自己去。”“求你千万别去，咱们不要干涉人家的事。”“好吧。他是你的朋友。多好的朋友啊。仔细想想，或许你说得对。最好别招惹这个堕落之徒。”我向她保证，帕戈是个好人。她回答我时语带嘲弄，但又好像憋着不小的怒气：“原来除了这些，他还是个好人啊？别说蠢话了。既然我们不该干涉他的事，那么就请你帮个忙：这趟旅行期间，你必须跟他保持距离。”“你怎么能提这样的要求呢？帕戈是我最好的朋友。”“那就去陪你最好的朋友吧！我会伤心而死的，不过这又算得了什么？我唯一的安慰是，你也陪伴不了你亲爱的帕戈多久。依我看，他这么一位得了神经官能症的病人，很快就要崩溃。”

在巴斯德号上　远海　一月十四日

不止帕戈激起了她的敌意……但凡我提到哪位朋友，卡门总是不慌不忙且无休无止地将那个人控诉一番，极尽嘲讽与毁谤，恨不得将其碾成粉末。在她面前，我尽量不提亲近的人。

罗马　二月八日

为了能准时参加音乐会，我们商量好早些就餐。音乐会九点开场。塞莉亚告诉我，我盯着她换衣服、梳头，会让她觉得不舒服。于是我下楼到酒店前台等她。我匆匆翻阅杂志，感到枯燥无聊；稍后，我等得不耐烦，就按了电梯，想上楼找她。电梯门开了，塞莉亚出现在眼前，显得艳丽灼目，以致我都忘了等待时琢磨好的责备之辞。我把她搂在臂弯里，吻了她，对她说："谢谢你，你真是太美了。"我们步行前往阿基米德餐厅，想在那儿用餐，一如每晚惯例。可走到卡普雷塔利小广场之前，我们停下脚步，对着一家法式餐厅门外的菜单端详了一阵。我看到当日甜点是朗姆巧克力蛋糕，就问塞莉亚："你觉得在这儿吃饭怎么样？""真不敢相信，"她惊诧道，"我还以为你永远都不会带我去别的餐馆呢，对你来说只有阿基米德一家可选。"可能明眼人早已发觉，塞莉亚谴责我有这种所谓的怪癖，即每次都到同一家餐馆吃饭；然而我每日两次带她去阿基米德餐厅，可不仅仅是出于怪癖。倘若某个餐馆能提供精美的膳食，而且像对待熟客一样招待我们，那干吗还要跑到别家去试验，最后落得个食物中毒呢？ 那样不是很荒唐吗？塞莉亚对我挑选的餐馆历来深表怀疑。可这次，对她那句答语中暗含的责备，我装作未曾察觉，而是解释说："因为他们的甜品是朗姆巧克力蛋糕，你知道我特别喜欢。"我们走进餐馆，点菜，幸运的是，塞莉亚对菜品还瞧得上眼。撤去第二道菜之后，侍者问我们要什么甜点。我回答："两份朗姆巧克力蛋糕。""非常抱歉，我们没时间了。"塞莉亚声称，她吩咐侍者拿账单来。我不明白她怎么会做出这种安排：她最根深蒂固的习惯是，不管去哪儿，必定迟到，可今天她却要提前半个小时出发去听音乐会！由于剧场离得不远，我们片刻就走到了。"本来有时间吃朗姆巧克力蛋糕的。"我嘟囔道。她也同意，但又加上一句："咱们就别为这事埋怨了。"当然不必，但我也不愿把恼人的事藏在心里，况且，干吗否认呢？这种情形叫我愠怒。我想："没吃甜点，小孩子就不愿离开餐馆，这是有道理的。"帕瓦罗蒂的独唱会很长。观众竭尽所能地鼓掌喝彩。得承认，我对音乐所知不多，但快结束时有一首曲子我真心喜欢，我甚至想随着节拍晃动脑袋、双手和整个身体。我发现那首曲子叫《我的太阳》，或者类似的什么。

罗马　二月九日

今天我们出门看电影。他们放了一部老片子《制造奇迹的人》①。这部影片叫我非常着迷。可塞莉亚不喜欢。我猜，不光电

① 英国幻想喜剧片，改编自乔治·威尔斯的同名小说。

影惹她生气；虽然听起来难以置信，可我在那儿不加抑制地纵声大笑也让她恼火。坦白地说，发现她对这部影片的妙处无动于衷，令我感到难过，甚至觉得受了冒犯。我甚至想到，我们虽然坐在彼此身旁，中间却有一道深渊将我们隔开。电影里有一幕滑稽场景叫人忍俊不禁：主人公在伦敦一家俱乐部的沙龙里，在他的伙伴们眼前变成了一头狮子。起先，那些人还怀疑奇迹是真是假，后来就陷入了真正的恐慌。可塞莉亚对这个场面做何评价呢？“我再也忍受不了了。威尔斯的小说里没有这一场！”我真没料到，她竟会冒出这么一句卖弄学问的评语。她接着说：“太不尊重原著作者了！太缺乏严肃性了！”能听到观众席里有人发出激烈抗议的嘘声。“这部电影愚蠢透顶，”塞莉亚又抛出一句断语，没有示弱的意思，“咱们走。”我暗暗一惊，心里颇为不悦，几乎不敢相信竟碰上了这样的霉运，但也只得跟着她出了影院。一小时后，在宾馆房间里脱衣服的时候，她转向我，就像一个古怪的念头突然闯入她的头脑似的，问道：“电影没放完就走了，是不是让你觉得不痛快？”“很不痛快。”我告诉她。仿佛自说自话，她沉吟道：“不让吃朗姆巧克力蛋糕，你就生气。没看到那部愚蠢电影的结尾，你也生气。男人都是小孩子。”

维罗纳　二月十一日

随意翻阅《蓝皮旅行指南》的时候，皮拉尔说：“我们应该去看看斯卡利赫罗的墓园。”突然间，她的脸庞亮起来，欢叫道：“我怎么能把他们忘了呢？”“把谁忘了？”我问。“还有谁？那对情人呗！”她即刻拽着我，随她去寻访朱丽叶的墓。墓地不远，可也不算近。她比划着说，我应该站在一边，而她站在另一边，我们要在墓石上方紧握对方的手，发誓相爱到天荒地老。“还要至诚至真。”皮拉尔说。“还要至诚至真，”我跟着念了一遍，复又补上一句，“当然啦，我不能肯定，一座假墓地是不是发誓真心相爱的好地方。”“谁告诉你，这墓地是假的？”“你的旅行指南上说的。如果你读得更仔细点，就会瞧见上面写着：相传此处是朱丽叶之墓。那个姑娘并没埋在这儿。说到她和她的罗密欧那段著名的爱情故事，琢磨一下你就会明白是怎么回事：任何一段恋情，经过作家的渲染，再加上人们都喜欢奇闻轶事，于是乎，就变得崇高起来了。”倘若注意到我的言辞对她产生了什么影响，兴许我会缄默不语。她说我最热衷于打破幻想了（“这可是一个人最宝贵的东西”），还说我“令人讨厌地消极厌世”，或许我本来想说的是，我并不爱她。

巴黎　二月十五日

相对于一年里的这个时节而言，这个夜晚很暖和。我们从电影院回来，沿着伽利略路，一径走向宾馆。在头脑中，我告诫自己：“从容一点。别没耐心。你最喜欢的东西只差一点就要得到了。”或是由于我太出神了，或是由于街道如此静谧、空旷，胡斯蒂娜开口说话时，我吓了一跳。“在想什么？”她问。“我不知道……”“你怎么可能不知道？肯定是特别美好的事，因为你在笑。”“我在想……”说话时，我端详着她满怀期待与信任的面庞，那张脸太漂亮了，几秒钟之内我都忘了该说什么……我定了定神，继续说：“我在想，幸运的话，我们很快就要做我们最喜欢的事了，然后那种无可比拟的幸福感就要降临，真正的极乐会让我们在不知不觉间滑入梦乡。”说出这篇短小的演说词的时候，我感到周身充满灵感，诗情画意的灵感。两个人在一起，走在午夜的巴黎，远离我们琐碎的日常世界：不正像是再次步入新婚，抵达我们生命中新的制高点吗？我妻子的嗓音又吓了我一跳，这已是第二次了，但方式跟刚才不同。“我还以为你和我上床是因为你爱我，”她说，“但我错了：你是为了自己舒服，睡得更踏实些。就为了这个，男人才总是出去嫖妓。”“假如发现她只是开个玩笑，那该多好。”我心里想。可她是当真的。“娶个妓女吧，那多惬意啊。如果她不觉得受侮辱，就更舒服了。可我觉得被侮辱了。”我唯一的祈望是她的怒火会消退。然而没有。在沉默中，我们回到酒店，上楼进了房间，宽衣就寝。我听见她在呼吸。我看着她：已经睡着了，可紧锁的眉头还在传达她的愠怒。我得找到一条摆脱窘境的出路。我求助于那个从未失效的老办法。我动作轻柔地给她翻身，随后拨开她的双腿，把她拥在怀里。她将我推开，或许不带怒气，但有些哀伤。她对我说：“你不了解我。你侮辱了我。愚蠢的人才忘记别人的侮辱。我不会忘。”她侧过身，背对着我，恬静地再次睡去。

巴黎　二月十六日

等胡斯蒂娜的时候，我在酒店大厅跟一个罗马尼亚姑娘聊天，她在前台工作。她告诉我，不久前曾有一位彬彬有礼、气度怡人的阿根廷绅士住在酒店里，这位先生叫帕戈·巴维里。胡斯蒂娜下楼时，罗马尼亚姑娘正跟我说到帕戈曾患上流感，病得很重。听了这话，胡斯蒂娜评论说：“我跟你说过吧。他很快就会崩溃。”

巴黎　二月十七日

从别人丢在罗马酒店大堂里的一册《体坛周日》杂志上，我发现今天有兰斯队和巴黎-圣日耳曼队的比赛。这场比赛我说什么也不肯错过，因为兰斯队九号——或者叫中前锋，我年轻时大家都这么说——不是旁人，正是小卡洛斯·比安基①。自打读到这则消息，我就不停地提醒胡斯蒂娜，十七号星期天，我决意要到王子公园体育场看球赛：这本是委婉柔化的策略，好让她明白，我没空听

---

① 卡洛斯·比安基（1949—　），阿根廷球星，绰号“总督”。

她差遣，不能陪她逛卢浮宫或者到布雷耶音乐厅去听什么音乐会了。就意图来说，我的策略收效不错。胡斯蒂娜知道了我想看足球赛。但我始料未及的是，她花了点时间寻思这件事，最后竟会冒出一个非同寻常的念头：陪我看球赛。她自然是突发奇想，而我自然也会满心欢喜地接受这个主意。不论在哪儿，但凡有她在身旁，我总觉得高兴。她样貌出众，这件事对我影响不小。不能否认，至少我在心里想把她带到人前炫耀……但我同样不能隐匿我的另一个想法：大体而言，我反对跟女人一起看体育比赛。今天的事更证实了我的观点之正确。比赛一开始，胡斯蒂娜摆出兴味盎然的样子，不住地要我解释这解释那，搅扰得我无法专心看球赛。“什么叫罚点球？”“什么是角球？”“他们怎么停下来啦？”随后，在一段精彩的球技表演中，小卡洛斯突破了巴黎-圣日耳曼队的防守，射进了具有历史意义的一球，我大声喝彩：“没错吧，没错吧！你肯定得同意，有哪个得分手能跟比安基相提并论！”我肯定是个大梦想家，因为我竟然幻想能跟心爱的女人谈论足球。她见我如此激动，就反问道：“比安基？那是谁？又是你朋友？”下半场，她自觉百无聊赖，渐渐没了耐心；比赛还没结束，她就寻了个借口，说我们应该避开散场时的人群，随即拉着我的手，站起身，央求道：“咱们走吧，咱们走吧。”我别无他法，只得随着她退场。一想到她永远不会明白她勉强我做了多大牺牲，我就郁郁不乐。内心深处，我觉得自己活像一名殉道者，因为我竟然在这个时候离开赛场，除此以外我还是个苦修僧，因为我竟一句抱怨的话也没说。

巴黎　二月二十日

胡斯蒂娜上床就寝时明显受了严重的风寒，而风寒很快发展成流感。“就是那场没完没了的球赛害得我生了病。”她埋怨道。我独自出门看了场电影，悠然消磨了一段时光。虽说有点想她，但我马上醒悟过来：“不该想念她。像她那样的女人，先消损你的精神，再毁掉你的健康。解决办法只有一个，就是离婚。”这点我早想通了，但我下不了决心……有时候，为了给自己鼓劲，我只能求助于那些有点荒谬的念头。“这是生死攸关的大问题。”我嘟哝着，就像自己真相信这话似的。现下独自走在巴黎的街道上，我好比地狱里的孤魂，虽然此刻心里无风无浪。

曼雷萨　蒙特塞拉特　二月二十四日

我们途经曼雷萨，一座被葡萄园包围的城市。露依茜达恳求我：“到那家咖啡馆坐坐吧。”“我们不能太迟。”“没关系的。我就想喝一杯‘卡拉奇悠’①。给我提提神儿，你明白吧？也不知谁跟

① 卡拉奇悠（carajillo），此种饮料相传源于西班牙占领古巴之际，意思是以朗姆配咖啡赐士兵以“勇气”（coraje）。

你说的，在蒙特塞拉特用不着爬山！”“这点路不算什么。”我俩进了咖啡馆。为了不招惹麻烦，我什么也没说；露依茜达点了饮料：“请来两杯‘卡拉奇悠’。”侍者问：“加朗姆酒还是白兰地？”“加白兰地。”他为我们取来两只小杯，各倒了半盏的咖啡，而后兑进相当分量的白兰地。就在这当口，难以置信的事发生了（是不是那一小杯“卡拉奇悠”让我有些微醉了？），我瞥见了帕戈·巴维里正走向吧台。我起身迎过去，我们两人拥抱在一起。他瞧上去很疲倦，仿佛老态龙钟，面色也不似平时那么红润了。他又陪着我踱回桌边。兴许是他太累的缘故，兴许是因为露依茜达没有执意挽留的意思，片刻后他便离开了。我大声嘟哝出自己的想法道：“可惜他这么快就走了。”“我可不觉得，”露依茜达应声说，“你没瞧见他现在是什么状态？”“得承认，他看上去挺累的。”“挺累的？他早就是个废人了。行尸走肉罢了。”“你胡说什么。”我喝止道。她却回嘴说：“我敢打赌，赌什么都行，你再也见不到他了。活着的时候，我是说。”前往蒙特塞拉特的路上，我始终没开口。倘若不得不答话，就尽量说单音节词。露依茜达也没问我有什么不对。到了蒙特塞拉特，她说：“咱们把车停在路边。”“我们要步行上山吗？”“走上去吧。”我们开始爬山，但没过不久，她就承认自己一步也迈不动了。“我也坚持不住了。”我说。仅此一回，露依茜达和我达成了共识。我们拦下一辆公交车，乘车到了山顶；稍作停留，旋即下山。我们两人实在太疲乏了，以致经过停放轿车的地点，我们几乎忘了喊司机停车。返回曼雷萨之后，露依茜达告诉我：“想再喝一杯‘卡拉奇悠’。”我们又进了那家咖啡馆，结果第二次遇上了故人：这回是米莱奥，我在马里亚诺·莫莱诺中学读五年级时的同窗。当年他还没到法定年龄，就开办了一家专造汽车前灯的作坊，让我好生崇敬。我问他：“眼下你还仿造马歇尔前灯吗？”“你还记得呀？”他对我说。“那不过是年纪轻轻的时候，做了个梦，也没坚持多久。日复一日的，轿车的挡泥板、车门踏板、前探式车灯，统统都淘汰了，有一天我发现，我是在给不存在的轿车造配件呢。”我对他说：“猜猜我们刚才碰见谁了？碰见帕戈·巴维里了。”“我也遇见了。你知道他想出来一个多么聪明的主意吗？步行攀登蒙特塞拉特！他这会儿已经是废人了。”“我也认识一位女士，倒跟他有一样的想法，”我答道，说话间指了指露依茜达，“所幸她很快就服输了，剩下的路我们搭了一辆公交车。”米莱奥刚一离开，露依茜达就品评说：“真不知道，假如二选一的话，我宁愿选择哪一个？是道德败坏的家伙呢，还是给不存在的汽车造配件的梦想家？对你的朋友做一次抽样调查，倒是很精彩。”我记得，返回巴塞罗那的整趟旅途中，我们两人没再说过一句话。

里约热内卢　三月十五日

看起来游轮要装载不少货物，直到明晨我们才能起锚了。我建议说，不妨到彼德罗波利斯短途旅行。而玛格丽塔想去科帕卡瓦纳的海滩。我顺了她的意：海水浴舒适怡人，不像驾车旅行那么累。我们在一家旅馆用了午餐，而后我陪着玛格丽塔逛街购物。我真不明白，她怎么能花费一个下午的时间，或者应该说，花费了我们俩整个下午的时间，却仅购买了三四件东西；不过我终于说服她在船上吃晚饭，这点让人稍觉快慰。站在好几家店铺里等她，已经把我耗得精疲力竭。此刻我最想做的，便是一头倒在床上。但对我来说颇不幸的是，女侍者给玛格丽塔抄写了一个地址，说今晚在那儿我们可以看到一场极为有趣的马库姆巴[①]秘仪。“真正的密教仪式。不是那些演给游客看的马库姆巴，那套假的谁没见过。”我尽力与她争辩，但毫无效果：我告诉玛格丽塔，所有的马库姆巴秘仪都是骗人的玩意儿。玛格丽塔却恼了，骂我是懦夫，说我缺乏好奇心，叫她失望。想到今天晚上的节目——何必否认呢？——我没有半点好奇心，而且极度勉强，几近恐惧。在游轮上吃过晚餐后，我们叫了一辆出租车，前往一片叫做“老城”的居民区。那片地界异常破败，住户极多。街边房屋——恐怕该说“棚户”——都是用木板临时搭建的。出租车停在一栋带顶楼的房子前面。我们登上陡峭的台阶，进入一道狭窄的走廊，看见走廊尽头有一扇门。玛格丽塔也没

① 源自班图语，现泛指非洲裔巴西人的宗教仪式。

询问一声就推门而入，我们两人侧身走进一间圆形小厅。我想大可以肯定地说，屋里的人全都不满地盯着我们。房间中央，几个女人在狂舞，或者说在打旋，最后她们显出癫痫痉挛的模样，纷纷跌倒在地。上来几位穿宽大裙子的姑娘——那裙边上缝有褶饰——将她们扶起。旁边站着一位黑白混血的男子，约莫是首领之类，后来我才知道他是祭司。不知出于什么缘故，或许是由于神经紧张，玛格丽塔竟忍不住笑出声来。霎时间愤怒的妇女们旋转疾走，一个男人隐隐比划着掏出武器的姿势。假若不是马库姆巴祭司庇护，什么样的坏事都可能落到我们头上。那男人对我们说："你们最好现在离开。如果别人给你们递烟或者提供什么饮料，千万不能接受。别进任何咖啡馆。不要坐你们看到的第一辆出租车，只能坐我给你们叫的那辆车。"我们走下吱嘎作响的楼梯时，玛格丽塔对我耳语道："别信那个巫师的话。咱们别等他叫的车。他可能要绑架我们。"我还没来得及阻止她，玛格丽塔已穿过马路，钻进一辆出租车。出租车司机撞上车门，同时车胎尖啸着转起来，那司机以最快的速度带走了玛格丽塔，之后便要抢劫她、绑架她、强暴她，或者把她杀了，谁知道会发生什么？我巡视四周，绝望中看到一辆出租车正疾驰而来，很可能是受了马库姆巴巫师的派遣。我跳上车，尽量跟司机解释，好让他紧随前面那辆车。车速如此疯狂，以致我都在揣想是不是司机有意吓唬我，好让我注意不到追踪已属徒劳。脑中刚闪过这个念头，我们却眼瞧着要追上前头那辆车了，而此时那车的司机打开一扇车门，一把将玛格丽塔推出来。我们的车几乎从她身上碾过去。我把她扶起来，玛格丽塔浑身颤抖，脸颊肿胀着，止不住地抽泣。费了好大劲，我才劝动司机放弃追踪。“女士受了严重惊吓。”我解释道。玛格丽塔必定受惊不小，因为听到我这样说，她竟没有抗辩一句。

在巴斯德号上　三月十七日　午后

近来艾米莉亚的脾气变得更糟了。在她身边，挫折和羞辱是常态，这叫我饱受折磨。长久如此，能够毁了任何人的健康。我得离开她。到时开诚布公地讲出来，她一定要伤心：这点我很清楚；我还知道，看她伤心，我的决心也会动摇。为了不走回头路，从游轮上我给一位律师——西沃里博士——发了电报，请他帮我办理分手事宜。

三月十九日　夜　巴斯德号上　圣卡塔利娜湾

海面风浪很大。身穿睡衣，打着赤脚，我们忙着拾掇行李。艾米莉亚的行李箱装不下她在里约和游轮商店里购买的物品；她正要把东西塞进我的箱子时，我告诉她：“请别把任何你的东西放到我的箱子里。我不准备回家。”“你要去哪儿？”“找个旅馆。”“你这么说什么意思？”“意思是，我不回家。”“为什么？”“因为我要分居。我已经给西沃里博士发了电报。”这句声明在她身上激起的反响，比我预想的还要强烈。她面色煞白，叫我害怕。她眼皮也不眨一下，只是圆睁双目，张大嘴巴。没容我阻止，她猛然伏到我脚边，亲吻我的脚，一刻不停地重复着：“我再也不耍脾气了。原谅我。我再不惹你生气了。原谅我。”……为了让她平静下来，我把她搂在怀里；等我反应过来，我们已经在床上做爱了。之后，她又嘤嘤地哭起来，再次恳求我原谅。我同意原谅她，并给西沃里发了电报（“我们复合了”）。艾米莉亚在我耳畔低语：“对相爱的人来说，没有什么不能在床上修补的。”见她那么高兴，我想我也是快乐的吧。

跋

未曾多想，我就出门赶往奇拉维街上的那间寓所，我的朋友第二次离异后便在此租住。由于门前不见人影，楼上也不肯给我开门，我便推断，他不在这栋公寓。我四下寻觅了一阵，最终找到了管理员。“没这事，”那男人证实了我的猜测，“不在这儿。”他转身继续跟几个电工交谈。没容我再次开口向他提问，他已和电工一道，闪身消失在通向地下室的楼梯上了。我不知该怎么办，只得拨打公共电话找米莱奥。他告诉我："在她家里呢。因为这个，我不准备去了。"我回答："我要去，虽然我完全理解你。"

他妻子的房子在小巴勒莫区。刚进门时，我几乎高声脱口而出："让人感伤的守灵！"这是个荒诞的念头。他妻子正跟几位女性亲属或好友聊得不亦乐乎。见我进来，她们才缄默不语；他妻子抽抽搭搭地哭起来。我只记得，我穿过整个房间，走上前与卢西奥道别。可怜的人，在我看来，他正躺在棺椁中安然休憩。

F.B.

在水下

我的肝炎终于治愈，医生建议我离城休养几天，到山区、海边或乡下，任何一处能让我静养、呼吸点新鲜空气的地方。我打电话通知庞斯夫人，告诉她五月二十日合同才能办妥。汤普森却对我说：

“不过，马特利，你干吗要答应她在那个特定的日期回来呢？这份合同可以交给我……”

“你还不清楚？这位庞斯太太……”

“她就是那群非君莫属的名媛老太太里的一位吧？”

汤普森-马特利公证处的客户当中，有几位老妇人只信任我一个人。

“我会在二十号回来的。这期间，我再看看休养的情况怎么样。”

“要是你不怕孤独，可以到霁涟湖我的别墅去。那地方很美。你绝不会挨饿，因为别墅管家弗雷德里希太太在烹饪方面是把好手。真遗憾，我不能陪你去。”

“南方的一座湖！”我惊叹道，“肯定妙极了！但是，对不起啊，我得问个疯狂的问题：那儿能钓鱼吗？”

“湖里有几种鲑鱼、鳟鱼，还有银汉鱼呢……”

这天傍晚时分，即将日落之前，我到达了霁涟湖。我感到疲惫，稍有些虚弱，周身寒冷。安第斯山、湖水、树林，加上极繁茂的绿色植被，将我引入一种愉悦的冥想状态；不过，尽管已套上了所有的衣物，寒凉的空气依旧让人颤抖，因此我匆匆敲响了一间屋舍的门（目力所及只有这一栋）。屋舍由圆木构筑，看上去宛如浸入湖水一般。一位女士开门探身出来，她的头发从中间梳开，胸脯鼓胀。她口气温和地问道：

“阿尔多·马特利公证人，对吗？我正等您呢。”

我们走入一间宽敞的居室，房间壁炉里生着火。我忙不迭地朝炉火走去，伸出手掌。我情愿就这样继续端详着木材燃烧，可那位女士对我说：

“要帮您把行李搬到房间去吗？”

我说无需烦劳她，而后提起行李，跟随她走进里间。当看到我的卧室中，有一方美洲狮皮缝制的厚毯铺在床侧，还有一张写字台，一扇朝向湖面的窗，我便对自己说：“我就要好起来了。”我俯在窗前，瞥一眼外面的景致，仿佛又感到些许凉意，于是折回客厅。稍后，那位太太为我准备了精美的一餐，使我神采焕然。我还记得当时的对谈。我对她说：

“从我房间的窗子望出去，湖对岸，挺远的地方，还有一间木屋，跟这栋房子很像，不过有两层。那儿住着人，至少我看见烟从烟囱里冒出来。什么人住在那儿？”

“鲑鱼博士，”她回答，“一位医生。”

“绝妙的消息！身边有个大夫，总是叫人舒心的事。一位乡村医生那就更好，因为他们不会安排你去做 X 光和各种化验，但真能给人治病。”

“这位先生名气大得很，”说到此处，那位太太顿了顿，“但要说实践，这位大夫可不给人看病。”

“这周围也没什么住户。”

“不是这个问题。对这位医生来说，人，他不在乎，他只在乎鲑鱼。”

我连忙应道：

“我也这么想。这里可以钓鱼吗？”

“当然可以，我们还有一艘摩托艇。”

不久，我上床就寝，因为我已经困得眼睛都睁不开了。我躺在床上，开始琢磨是否有足够的毯子。我想应该够用，不必麻烦那位太太给我多添几条被子。我等待着身体缓缓热起来。确实暖和一些了，但不像我期待的那么强烈。我心里盘算着，稍稍缺点暖意，该不会叫我着凉感冒吧？我还问自己：“久病初愈之后，跑到远离文明的地方，会不会是个严重的错误？像这种地方，是给年轻人预备的，要有铁一样的体魄才行。”当然，弗雷德里希太太绝算不上年轻，可是对新来者是一回事，对于久居于此的居民又是另外一回事了。“死于霁涟湖，多么致命的错误啊。”

愁思让我全无睡意；说句实话，我还在琢磨究竟是由于思绪纷繁所以我才醒着，还是因为寒冷故而不能停止思考——略有寒意，这倒不假，但终究还是冷——这叫我无法入睡。

第二天我醒来时，身上还没暖和起来：依旧觉得疲惫，但奇异的是，我并没感到不适。为了不得病，我一整天都蜷在壁炉旁。

晚上，躺在床上，我对自己说：“坦白承认吧，这个绝妙的地方不是给我预备的。好容易熬过了肝炎带来的无休止的孤独，走了那么长的路，到这里还要孤身独处。也没个投缘的人可以交谈，我真是太过关注自己了，总是想着搜寻预警的症候，估计自己要得病了，最后也就得了病。我肯定属于那类人：假如不是身边被众人包围着，就会衰朽、死去。”

我还想到，为了晚上可以睡好，白天我应该让自己劳累一些。如果我沿着湖边那条路散步，可以把鳟鱼博士的房子当成目的地。刚开始，那儿肯定是个无法抵达的目标，不过一旦恢复了体力，我就可以走到那么远。走在路上，右侧是湖水铺陈开来的美景，左手边是树林，这本身就是坚持散步的动力。

从第二天清晨开始，我信念笃定地开始了每日的散步计划。四下里，除了看见两三个原住民捧出南瓜或斗篷来交换烟叶、马黛茶和糖，还有几个穿着罩衫的孩子急匆匆地往学校走，我就再没遇上过别的什么人；直到午后，我才留意到一个女人出现在医生家外的码头前，坐在探向湖水的台阶上。等走近些，我发现那女人的头发是红色的；她穿着宽松的白色运动衣，双手交叠放在膝上；她很美。

我没费多大气力，便走到了医生的木屋前。那姑娘原本看上去正对着湖水沉思，突然间她却站起身来，疾步跨上台阶。我不敢喊一声把她留住，只能注视她走进房子，消失了。为什么她走得这样急？我不能肯定她是否瞥见我了。但无论如何，她没朝我这个方向望过一眼，一刻也没有。

为了摆脱疑虑，特别是为了能见一见那个女人，我本想敲门。但我旋即缓过神来：如果她有任何原因不愿见我，那么贸然在她面前介绍自己，将是个错误。没人喜欢勉强。我最好还是走吧；倘若碰上点好运，说不定我还能激起她的好奇心。

整个下午，我都在想那个陌生女子。我对自己说，我的行为就像个蠢笨的小男孩，兴许是肝炎把我带回了少年时代，或者更有可能，给我带来了第二次童年。我为什么如此心旌摇荡？就像遇到一位女神似的！“据我所知，”我自语道，“这地区唯一特别的东西是蛇颈龙化石。”

所幸我努力把自己稳住了。假如我记忆不错，那天夜色降临时我在翻看旧杂志，品尝了一顿令人欣悦的晚餐，不久我就睡着了。但我不能否认，次日清晨醒来后，我第一个冲动就是跑到窗前，眺望医生的木屋。手边没有望远镜叫我十分懊丧。

吃过早餐，我出门散步，思绪全集中在那姑娘身上。我玩着在头脑中不断呼唤她的把戏，虽然自己并不相信这一套。不久，我就看到远处的景致有些非同寻常：那个陌生女人走出木屋，踏上小径，那条路将把她引到我面前来。

少顷，我们相遇时，她莞尔一笑。在她神态间，似乎有些东西让我感到我们之间已达成了某种默契。她告诉我，她名叫弗洛拉·吉韦特；仿佛需要做出解说似的，她又补充道，她是吉韦特教授的侄女。我说：

“我是阿尔多·马特利，是个公证人，眼下住在我朋友汤普森的房子里。”我当时心里想，要遵从理智的劝告，把拖延谈话以便将她留住的欲念掩藏起来，可同时我注意到，她也有类似的想法，而且不加掩饰。我很想邀请她到我的住处共进午餐，但我忍住了，因为男人一旦莽撞行事就会把女人惹恼。弗洛拉问我：

"明天咱们要不要见面?"

"明天见面吧。"我说。

"九点左右,就在这儿怎么样?"

"就在这儿。"

接下来的一整天,我心情愉悦,但也有些焦躁。第二天清早,我很后悔没把约会的时间定得再晚一些,因为时间刚好只够洗澡、吃早餐,这感觉实在坏极了。走出房间时,我问弗雷德里希夫人,是否介意我邀请吉韦特教授的侄女过来吃午餐。

"怎么会介意呢?"她反问,"我亲眼瞧着她母亲把她生下来的。她叫弗洛拉。"

我对弗雷德里希太太一时倍感亲切,甚至有股冲动想因为她念出了我那位新朋友的名字而谢谢她。

为了能继续谈论弗洛拉,我说:

"她是个讨人喜欢的姑娘。"

但我接下来听到的话,就不怎么让人高兴了。

"多好的一位姑娘,举止多么得体啊!不过,你信我的话吧,她可说不上幸运。这么跟你讲:她曾经和一个比自己大二十多岁的男人谈恋爱。一个没拿到大学文凭的流浪汉!"

几秒钟之内,弗雷德里希女士讲话的时候,我担心她已经觉察到了——别问我她是怎么办到的——弗洛拉和我如何会面,还有那可疑的流浪汉其实就是我。不过说到大学文凭，倒让我约感宽慰。而说到年龄因素，我对自己说，弗洛拉看上去很年轻，但我至多比她大十到十五岁。

我出门上路，心里揣着一股迷信般的恐惧。虽然确信我们肯定要碰面，但或许这个下午我见不到她，甚至再也见不到了。我正竭力要把这个不祥的预感从头脑中赶走，我觉得自己望见她了，前方有一片浓密的小树丛，而她就在几棵树后面。我没弄错：弗洛拉就在那儿，藏在交缠的枝条间，坐在地上，斜倚着一棵树，比我记忆中的还要美。她向我伸出一只手，摇着指头唤我过去。我说：

"要是我径直走过去了，那该多可怕啊。"

因为心绪不佳，我想那声感叹听起来像是责备。

"可我瞧见你了。"她回答。

在那一刻，我坚信所有的一切——那姑娘的美，那清幽的所在与静思的树林——全都交叠在一起，激励我即刻把她搂在怀里。当然，我不知道该如何入手。而就在此时，弗洛拉先是难以觉察地将身体从树干上缓缓移开，而后仰面躺下来，朝我张开双臂。我全然处于目眩神迷的状态，思忖着我要抑制自己的渴求，没什么比一个难以自持的男人的贸然进犯更叫人扫兴了；但我很快意识到，弗洛拉也有拥抱我的强烈欲望。

之后，我邀请她共进午餐。我告诉她，可以肯定，现下弗雷德里希夫人一定在厨房里烹制美食呢，因为弗雷德里希太太爱她，很想见她。

“我也爱她，”她回答，“咱们出发吧，不过先回我家，因为我要告诉我叔叔，不跟他一块儿吃饭了。”

“那咱们快些走，”我说，“弗雷德里希夫人不喜欢别人上她的餐桌还迟到。”

我们走进吉韦特医生的木屋。弗洛拉领我走进一间摆满书籍的小房间，指给我一把椅子，说道：

“我马上就来。”

对面墙上挂着一幅画。我毫无兴致地端详了一阵。画布上有一道很宽的红色条纹，垂直向上，像字母Y似的分成略窄些的两道斜条纹，上面点缀着红白两色的血管。我琢磨着：“就算是我，只要肯动笔，也能画成这个样子。”

从弗洛拉离去的那道门外，片刻之后，走进一个穿着白色罩衫的男人。他看上去相当苍老，但脸色红润，眼睛是蓝色的，双手不住颤动。他问道：

“马特利，我猜得对吗？”

“您是吉韦特大夫？”

“小弗洛拉跟我提起过您。喜欢这地方吗？肯定不像我这么强烈！”

“我非常喜欢。”

“您会待一段时间？”

“小住几天。我是来疗养……”

“不会吧，您病了？”

“前一段时间我生过病。”

“在这儿您会健康满溢！出了什么毛病？”

“肝炎。”

“那不算什么。没留下后遗症吧？我敢打赌，您跟以前大不一样了。”

恼怒之余，我答道：

“我健康极了。”因看见他双手颤抖，我为了图个痛快又加上一句，“而且没有患上帕金森综合征，这可不是人人都敢夸口的。”

“您怎么跑到霁涟湖来了？”

“汤普森是我朋友，他把房子借给我了。我想呼吸些新鲜空气，不愿操心工作的事。”

“还不如说，为了操心别的事……您不知道吗，不管跑到哪儿总会遇上烦心事。”

我想，以他的年龄和智慧，大可不必用那种高人一等的口气跟我讲话。为了回敬他，我指着墙上的画，问道：

“您从哪儿找到这么漂亮的一幅画？”

他露出一丝微笑，答道：

“我对绘画也是一窍不通。那是一只凤凰，兰达佐画的。”

“谁画的？”

“维利·兰达佐的作品。一位相当出名的画家，而且是小弗洛拉的朋友。正巧，她来了。”

弗洛拉对他说：

“我要跟马特利一起吃午饭。”

吉韦特将一只手按在我肩上，说道：

“您要把我的侄女带走啦。好好照顾她。她是个美妙的姑娘。”

最后一句评语我深为赞同，他的请求也令我动容。我心想：“我可要多加小心。我太喜欢这女孩儿了。”我们离开木屋时，弗洛拉牵住我的手，拉着我小跑起来。她说：

“咱们走树丛后面的路吧。那条小路跟湖边的一样美。”

“但要耽搁更长的时间。”我自语道。

我们并没有迟到。弗雷德里希太太迎接弗洛拉时表现出极大的欢快和亲切，但时间不长，因为她真正的心思还放在不要让饭菜烧过了火候。弗雷德里希夫人烹制的每一餐都是独一无二的，配得上溢美之词，总让人精神倍增。

她离开房间后，我和弗洛拉依偎在壁炉边接吻。我拉起女友的手，将她带到卧室。就像在树丛中一样，我热烈地拥抱她，甚至我自己都在想："要克制自己。我看起来一定像个疯子。"但很快我就发觉弗洛拉也怀着强烈的渴念拥抱我，她的热情如此极端，以致让我想到是否该谨慎些，因为从长久看，任何事情做得过头了都有损健康。

大约下午四点钟，弗洛拉说她必须回去了。我们在起居室碰上了弗雷德里希太太，弗洛拉跟她攀谈起来。我有意送她回家，还想到外面很冷，最好在脖子上裹条围巾。我回到房间里取围巾，瞥见我的外套挂在衣架上。转念又冒出了个谨慎的念头，我把外衣也穿上了，而就在此时，无意间，我隐约听到了两个女人的谈话。

"兰达佐还是老样子？"那位太太问。

弗洛拉回答：

"老样子？已经不是了。"

"不过，还在继续？"

"我不知道，我什么都不清楚。我完全糊涂了。"

"可怜的姑娘。"

我非常嫉妒。毫不夸张，我的血液都凝住了。我能听见心脏怦怦地跳动。我担心她会觉察到我的诧异神情，便倚在门后，离开房间前，默数到一百。

弗雷德里希太太陪我们穿过花园，帮我们打开栅栏门。还没走出三四步，就听到弗洛拉大声说：

“现在我知道我有多爱你了，”而后她马上以高亢、胜利的口吻对我说，“你拉着我在湖边走。”

“好啊。”我应道，说话时的嗓音在我听来都像是不大愉快。

她牢牢地挽住我的腰，领着我在她身旁奔跑起来。

“你不要以为我急着赶回去。我想跑起来，是因为我高兴。”

“天晚了。”我提醒她。

弗洛拉不听，也不在意。她说：“多美妙的一天啊。在树林里，我很爱你，午餐后我更爱你。”

弗洛拉还有另外一个男人，这个想法在我心头搅动，而且她那么漂亮，这让我更加落寞。我肯定是太敏感，又过于坦率了。我告诫自己，如果急着想把事情弄明白，那么最迅捷的方法莫过于直接要求她给个解释。当然，我要担风险，那样可能会叫她发脾气，或者迫使她对我撒谎。倘若我要知道真相，就不该给她任何警示。

“有什么不对吗？”她问。

“我觉得不太舒服。”我答道。

又一次，那个不愉快的、虚伪的嗓音冒出来了。

“要是你不舒服，就别送我回家了。这条路我经常一个人走。我得给你提个醒：不要离湖边太近，有危险。”

我想：“她一定是觉得我的健康状况很糟，可能会失去平衡，栽进水里。”我几乎要跟她道出实情了。我觉得受了冒犯，因为她不明白一切都是她的错。

我想，尽快离开她，我就能平静下来。但我想错了。一旦孤身一人，我便感到烦闷、急躁。幸运的是，弗雷德里希太太给我送来了茶以及烤饼、面包片与山莓酱。我吃了不少茶点，恢复了舒适感。一天之内做爱两次肯定也有助益。长期节欲之后，肉体之爱让人筋骨舒畅。但接连两次可能就算过量了；下次我要更谨慎些。

从弗洛拉那里得到的任何好处都无法让我的灵魂让步。现在想来，当时我曾对自己说："很明显，不乏证据表明她是个轻浮女子；从轻浮到淫乱只有一步之遥……我要保护自己，因为我很敏感，不想受伤害。"

那天下午的最后几个小时，我坐在壁炉边读一本书。我吃了一顿精美的晚餐后，献上了与之相称的赞美，而后一觉睡到第二天。

醒来时，我发现自己精神极佳，身体状况也更好了。我抑制了想见弗洛拉的欲望，同时也压抑了要调查情敌真面目的焦虑感。为了实现这两个目标，我将不折不扣地按照她的建议行事；散步时，我要远离湖岸；我会往相反的方向走，一直散步到小镇上；下午，我要驾船享受一下垂钓之乐。无论如何，我将眼前这一天视为艰难的实验，祈望经历这一天后我能变得更坚强。我心里多么想即刻见到弗洛拉啊！

清晨散步身体还吃得消。这一地区的人们看上去都很友善。在小镇上，我买了一件原住民缝制的斗篷和修女酿造的烈酒。我曾不止一次亲身验证，这种酒治胃疼很见效，特别是对我这类喜欢吃甜食的男人来说。我总要在药箱里备上那么一小瓶。

用午餐时，弗雷德里希太太没说到弗洛拉。至于我，为了不流露出焦虑，也克制着没提她的名字。假若她告诉我，今早某个钟点我的新女友曾上门打听我的消息，我该多么高兴啊。再次见到她以前，我不得不独自挨过整个下午和整个夜晚：光想起那个念头，就让我产生一种晕眩感；可我转念一想，觉得自己不该动摇，倘若我想通过牺牲见面的机会而达到某些效果的话。

准备鱼虫和假蝇饵的时候，我想起了一句话。这话我常向任何一位愿跟我聊天的人念叨：对我而言，能够安然垂钓一个下午，就胜似天堂。我不愿歪曲事实，不过坦白地说，启动小船马达的时候，我感到颓丧，而不是满心欢喜：说实话，只要见不到弗洛拉，所有的事情都让我觉得是浪费时间。

我把线远远地甩出去，好让鱼饵尽量远离小船：我驾船以极慢的速度向前行进，以免马达声惊走了游鱼。抵达湖心时，小船开始颠簸，仿佛某种怪兽正从底部摇撼着它，决意把我抛入水中。我死命拉动加速器的把手：一股震荡后，小船重获自由。我朝后回望，生怕有东西尾随追击。刹那间，我瞥见，或者自认为瞥见了白色尾流间夹缠着一片血污。即便把速度提到最快，返回码头的航程在我看来还是无边无际。踏上地面后，我回头向湖中望了一眼，湖水静谧如常。我这才走进木屋。甚至可以说，直到关上了房门，我心里才踏实下来。弗雷德里希夫人宽慰人心的招呼道：

“您回来得真快。看来钓鱼钓得很无聊。”

“绝不无聊，魂都吓飞了。”

“船漏水吗？”

“一点也不漏，不过船突然摇晃。我不知道那是什么怪物：我发誓，要不是我加速逃走，它肯定把我的船掀翻了。”

“别过于担心。我只钓过一次鱼，也遇到了类似的事。”

“也是差点把船弄翻？”

“在湖中间我觉得害怕。想尽快回来。”

“水里的东西没摇您的船吗？”

“那倒没有，不过我也是一样的害怕。”

“我回房间了，想读一会儿书。”

“读点好文章，让脑子清醒一下……”

我想她要说的是：“把那些胡思乱想忘了吧。”我知道我什么时候会暴怒，也知道发脾气对健康不利，因此也没答话，径直回了房间。

次日，天刚亮的时候下起了雨，很冷。直到入夜，天气也不见好转，因此我在家待了一整天，没冒险去任何地方。

随后那天早晨，我出去散步。很奇怪：两天的萎靡不振，足以让我丧失此前散步的耐力。路程还没走到一半，我就不得不坐到一块石头上歇口气。

我正端详着湖水。倏地，我想我看到水下漂过一个修长的身躯，兴许是粉红色的，还没容得我凝神观瞧，它就下潜到深处去了，仿佛一道色彩斑斓的反光。可能是某种动物，也可能是某位游泳者；不过鉴于它没再升到水面上，我自语道，那就该是某种动物了吧……一只湖怪，游动起来像个潜水的人。还有一种假设：那是一具死尸，被深水暗流裹挟着四处漂流。我心想："或许这儿真有暗流，因为这个湖，不管以什么方式吧，连通着太平洋。可能就是哪位钓鱼人，不像我那么走运。还有，说不定就是那个差点掀翻我的船的怪物。"这时候我想起弗洛拉曾经提醒过我，不要离湖边太近；我立即站起身，往后退了几步，不由得暗想，那只湖怪是不是正在四下里巡游，想伺机抓住我。

我继续往前走。我准备着见到弗洛拉时的对谈，要跟她讲讲我瞧见或者自以为瞧见了某种动物，恰在此时，我觉得有什么白色的东西在湖里游动。小心审慎终敌不过好奇心；我走到湖岸边。我看见了——该怎么说？——一具白惨惨的躯体，或者说，一个物体正漂移开去。可以说它像只猎狐犬，或者描述得更荒诞些，像一头绵羊。我呆立在那儿，等它浮上来呼吸。但很快，它就从视线中消失了。

等我走到那栋木屋，弗洛拉让我进门，把我领到上次那个堆满书籍的房间。她指了指，让我坐在画对面的椅子上；在我看来，那幅画就像个恶兆。

她很平静，对我有些疏远。此前四十八小时，我从没想过，再见到她时可能是这幅情景；但在那一刻，只要能感受到她的亲近与快乐，我愿献出一切。我的嫉妒和羞于坦白嫉妒的心理，将我引向惹她烦恼的策略。可怜的姑娘，起初盲目相信我们的爱，但她也没有哄骗自己来揣测我何以避而不见，现在她颇有些痛苦失望了。假如我向她忏悔，我的所作所为是出于嫉妒，或许她当时就原谅我了：但虚荣自恋却阻止了这样的忏悔。弗洛拉说：

“遇到你之前，我曾经和另一个男人相爱。也许是因为胆怯，我不敢跟他走。当我见到了你，我曾很确定找到了真爱，无可置疑的真爱，你明白吗？”

“我当然明白。我的感觉和你一样。”

“我原以为跟你在一起可以忘了维利。”

“维利？谁是维利？”

我几乎想说：“谁是他妈的维利？”弗洛拉回答：

“就是兰达佐。一个伟大的画家。”

“伟大的画家”这个字眼在我听来是她说出的第一句蠢话。这个信号说明，她也不是一个永不出错的完人，可这并没有使我爱她少一点。正相反，我心中泛起一股柔情，鼓励我扮演男性保护者的角色，而这个角色“永远令人惬意”。

“这么说，你没法忘记这个维利？”我问。

“是，我忘不了。或许是你没有尽力帮我……前天上午，你没来看我，下午你又出去钓鱼。”

“我喜欢钓鱼……”

“显然。然后昨天……”

“昨天很冷，在下雪。所以我待在屋里。”

“好吧……我只是要求你试着了解我。为了让我离开维利，我需要你非常非常爱我。”

“我就是非常爱你啊。”

“我知道，但还不够。请你不要有什么误解……”

“我为什么会误解你？”

“因为我刚刚告诉你，我不敢跟维利走。但你不要认为他是个坏人。有点暴力，或许吧，但非常忠诚，而且最根本的，他理解我。”

每一次弗洛拉念出“维利”这个名字，我都感到怒火中烧。

“绝美的姑娘啊，就因为不能追随他，你就抓住了你遇到的第一个笨蛋……”

“你别这么说……当然了，如果我不解释给你听，你就不会明白。你还记得我告诉你不要靠近湖边吗？”

我不明白为什么我不愿提到白色猎狐犬或绵羊的事。我回答：

“算是记得吧。但你的话等等再说，先让我讲一讲最近碰上的倒霉事。”

我把小船遇险的经历说给她听。她着实受了惊吓；与弗雷德里希夫人的反应大不相同：她信我的话，没说出任何惹人生气的解释。我心想：“这个女人爱我。”见我没接着讲下去，她便催我说得更详细些，于是我又将坐下来休息时瞧见的水里的光景描述了一遍。弗洛拉忧心忡忡，又提醒我：

“我跟你说过，别靠得太近。”

兴许我当时想着，激起她的同情心，她就会重新爱上我。我问：

“要是你不在身边了，我干吗还要照顾自己？”

说这话时我像个演员，又像个诈骗犯，只盼望着达成自己的目标。我没想到她会那么伤心。弗洛拉凝望着我的眼睛，她那双眼睛本是那么柔美，此刻却流露出惊惧与痛苦。我几乎感到羞赧。弗洛拉说，她要把一切都解释给我听，因为她确信倘若她提出要求，我便不会把这件事张扬出去。我点头同意。她接着说：

“对我而言，这要担很大的责任，因为我没有征询我叔叔的意见。”

我正想问她，吉韦特医生与我们俩的事有什么相干，可没容我开口她就讲起了个中原委。

她讲到，自己一直在吉韦特医生的实验室里当助手，仅一段时日除外，就是去年年底。仿佛是世上最寻常不过的事，她告诉我，那时她到布宜诺斯艾利斯待了一星期，同游的还有兰达佐，结果一周的假期拖延到四个月。回程时，她害怕吉韦特会因为耽搁了这么久而责备她。但他没说责备的话，也没询问旅行如何。那位老先生脸上神采飞扬，双手叉腰站在那儿，朗声说：

“我有个好消息。要么是我弄错了，要么我已经找到了青春之泉。”

“在哪儿？”

他的回答令人诧异：

“在鲑鱼体内。”

仿佛是头上遭了一击，我蓦然警醒。从弗洛拉讲到她如何跟那个男人厮守了一个季度开始，我就觉得脑袋里旋流鼓荡，只剩下一半精力听她讲话；说到鲑鱼时，我方才缓过神来。所幸，弗洛拉后面要说的才是理解整件事的关键：鲑鱼体内有一种腺体，可以让它们出海巡游之前恢复青春。这腺体的功能只可发挥一次，却足够鲑鱼在鼎盛年华完成它们的航行。她解释道：

“假如不是鲑鱼而是人，那么腺体可以让他恢复到二十岁左右的青春时期。”

不知什么缘故，我开始争辩说，男人生命中最好的时段是三十岁以后，甚至是四十岁以后。见她未置可否，我便试着提了另一个问题：

“鲑鱼老了之后，会死在它原本出生的河流或者湖里吗？”

“自然会，但这不是重点。”她答道，随后继续解释。

将鱼类腺体嫁接到其他物种的器官里，这并不容易，但难题已然克服。弗洛拉说，她当时极其专注地听取了叔叔的解释，事后便和兰达佐说起这件事。此前不久，兰达佐曾对她说：“遇到你是我的幸运，但也伴随着我已年逾六十的不幸。”现在获悉吉韦特正从事这项研究，他就恳请弗洛拉，将他放在“活体试验的候选名单”上。但据吉韦特说，实验尚在初始阶段，安全措施还有漏洞，是不允许做人体试验的。话虽这样说，但吉韦特的科学热情不亚于兰达佐重返青春的渴望，这位教授也就由着自己被说服了，虽然他有言在先，新移植的腺体能不能恢复青春活力，恰如在鲑鱼身上，还要等上一段日子……“假如我理解得不错，”兰达佐说，“鲑鱼出海之前是不会重返青春的。”“说错了，恰好相反：鲑鱼恢复青春后才出海。它觉得力量又来了，才会投身伟大的冒险。为了叫你安心，请记住，所有的鲑鱼都会出海，这就是说，腺体从不失效。”

弗洛拉说，就在我们此时谈话的房子里，具体而言，在她叔叔的实验室，博士给兰达佐移植了四条腺体，因为人体要比鲑鱼大多了。兰达佐的身体没出现排异反应。他日渐康复，而且手术效果颇佳，不久叔叔和侄女都相信，他们观察到了青春重现的初步征兆。可就在几天后，呼吸系统的并发症和皮肤疼痛的状况出现了。兰达佐一次次感到气闷，且日渐严重。吉韦特给他拍了X光胸透，发现肺叶已严重萎缩。虽然实施了有助血管扩张的治疗方案，但痛苦依然加剧。更有甚者，他的皮肤上长出了鳞片。

几天后再拍摄X光片，肺看上去枯萎了。弗洛拉却认为她观测到了新生的肺叶，这叫她重新燃起希望。不过此时，兰达佐几乎不能呼吸了。吉韦特医生即刻行动。在弗洛拉疑惧的注视下，他一语不发，将兰达佐领到湖边，而后猛地一把将他推入湖中，随即揪住他的脑袋往水里按。弗洛拉想救她的恋人，但惊悸之余，她发现兰达佐能在水下潜泳。原来，她误认为新生肺叶的组织，其实是腮。隔不了几分钟，兰达佐就从水里冒出来，他捏住鼻子，哑着嗓子喊："你把我害成这样，我永远不原谅你！""为这个，你还得付钱给我呢。""把弗洛拉送到水里来，否则我要你的命。"弗洛拉不能听凭他一个人泡在水里，两人在岸边交谈良久。长谈后，兰达佐明显体力不济。弗洛拉跟他解释"我叔叔也没料到，你没长出肺叶反而生出腮来"，兰达佐却反复叫嚷："他知道，他早就知道！他在动物身上做过实验！”弗洛拉又问他是否觉得冷；看来最初下水时他是怕冷的，但很快就适应了。“你还记得我皮肤上长了鳞片吗？这会儿我浑身都是鳞片！我发誓，要是哪天我从湖里出来了，你叔叔就得小心了，除非他现在就从地球上消失。”“肉体上，我倒并不觉得有多痛苦，”兰达佐说，“只是不能作画了，我不知道自己能不能忍受。”最后这句结束语，深深打动了弗洛拉，但不知什么缘故，却让我觉得好笑。看起来，我和弗洛拉的关系，就是让兰达佐长久怒气难消的原因。他说过，他绝不会对弗洛拉下手，但决意要杀了我和吉韦特。但，这一切与我何干呢？我几乎不知道他这个人的存在，更没有损伤他的念头；况且，就算我从他那儿偷走了弗洛拉的爱，那也只是依照自然法则，这哪里听凭自我的意愿呢？弗洛拉明白告诉他，如果他真杀害了她的叔叔，那么两人就永远不要再见面了。“哪一天，你下到湖里，我就原谅他。我发誓。”兰达佐潜入水中；等再次浮上来，他又嚷道：“另外那个，我决不饶恕！”说完他又钻进水里；稍后，再次艰难地浮出水面，将已说过的重复一遍：“永不宽恕！”为什么否认呢？我很高兴这个讨厌的家伙被困在湖里脱身不得。

依照弗洛拉的说法，兰达佐丝毫不怀疑她终究能说服吉韦特给她做手术。

“他相信我们的爱，”她幽幽地说，同时轻轻摇头，因此我以为她准是最后时刻将后面的几个字，“……和别人不一样”，悄然隐去了。接着，她又说：“最糟糕的是，从一开始我就有所怀疑。每件事都让我害怕。湖水那么冷，还要改变生活方式，在我厌恶的动物中间生活。我不喜欢鱼。”

一旦兰达佐恢复青春，她是不是要伴着他到大海中远游呢？这个想法把她吓坏了。即便如此，她还是跟叔叔谈了，劝他往自己体内移植腺体。起初，吉韦特听不进去。他抱怨道：“兰达佐是怎么想的？他以为我会把最喜欢的侄女变成鲑鱼？以你的年龄，移植了也没有任何意义，况且，试验还没完全通过检验。给兰达佐动手术的时候，我还不知道腺体会对呼吸系统产生那样的影响。这种错误，犯一次已是不可原谅，第二次就不能推脱为错误了。”

我一时好奇心大起，问弗洛拉兰达佐吃什么。她毫不迟疑地回答：

“我猜是一些小鱼。”

她面颊泛起红晕，解释说一开始他们给他供应常规饮食，这成了一件恼人的事儿，因为食物一入水就四下散开。鱼食他倒是乐于接受，不过分量总是不够。兴许就因为这个，兰达佐没了耐性，某一天对她说，用不着再给他送吃食了。“自那天起，这个可怜人不得不效仿湖里其他居民的生存方式了。”

弗洛拉说兰达佐是个强悍的人，他想办成的事总能做到。而后她又坦诚告诉我，我们相遇那天，她便把全部赌注都押在我身上了，就像一个赌徒将所有的筹码和运气全押在一个数字上。可那个数字没出现。

“我不怪你，”她说，“我死命抓住你就像抓住一块救命的浮板。我原以为是命运把你送到我身边的，你我之间的情感，像个奇迹，而且永无止境。”

“就是这样啊。”我抗议道。

“至多到某种程度吧……我的愿望有点荒唐。我原本想找一生一世的爱，好让我离开兰达佐而不用自责。他的那个世界多么遥远啊。”

她说我的所作所为逼她觉醒，这觉醒是痛苦的，但又的确有益。对她而言，我的爱显然不及兰达佐。

我问她，为什么兰达佐想掀翻我的船。

“因为他看见你和我在一起。他像你一样，嫉妒心重，不过他更暴力。而且他说，你用螺旋桨伤了他的胳膊。”

“他想把我的船弄翻。他跟水里的生物一样，本性凶残。”

“绝不是！如果他知道别人做得对，他一定会把所有的恨都放在一边。他非常高贵，善解人意。我向你保证，如果我叔叔给我做了手术，兰达佐会原谅他的，你没听错，他会原谅。”

那一刻，弗洛拉收敛了语气间的冷峻生硬，这种冷峻，此前待我时一直都在，眼下虽然式微却终难消弭。她继续讲自己的道理，说倘若我真爱她，像我口口声声表白的那样，那么吉韦特就会给我们两个人做手术。听了这话，我震惊不已。

“给我们做手术？”我反问一句。

“假如你对我还有那么一点信心（我可从来没叫你失望），那么你应该信我的话：我们三人能够和谐地生活在一起，因为兰达佐给我的爱足够多，甚至能和另一个人分享我。”

我不否认，我的第一反应是惶惶不安。但我本能地掩藏起这种心绪，进而打算按照本能的信念来行动：首先，应拼死守住我们的世界，不能被人拖拽到另一个神秘而危机四伏的世界——不幸的兰达佐正在那个世界受罪呢。第二层又想到，应该把握住弗洛拉，这个念头一样的决绝。我当即表示怀疑，兰达佐能否宽容对待我。但弗洛拉说，她比我更了解兰达佐。随后我问，能否把我们的手术推迟几天，因为我要在十九日返回布宜诺斯艾利斯，为我的老客户庞斯夫人公证一份合同。我坚持说在城里逗留的时间不会超过两天。弗洛拉的反应很奇怪。这个借口——她如此解释我的话，认为是借口——在她听来非常滑稽，而我不明白到底哪里滑稽；不过那番话也叫她伤心，这我倒能理解，因为分别总是苦痛的。由于刚才的话没法说服她，我又搬出另一番道理：就算兰达佐能容我，可我决不愿和旁人分享她。说话间我原本担心弗洛拉会对我说：“那么你对我的感情比不上他。”但她没这样讲，出人意料的，她竟然很感动。人生是一盘棋局，你永远不能确切猜到每一步是赢还是输。我暗想，我为自己赢得了一分；但赢了一分，也就是向危险靠拢了一步。实际上，弗洛拉告诫我要把控自己，不该让嫉妒心妨碍我们生活在一起或者回绝与人分享她的建议；眼下看起来不堪忍受，假以时日，或许便能容忍了，到时候，我们三人都能获得真正的幸福。

“可能有个障碍，”我匆忙说道，“谁知道你叔叔会不会同意……”

“你怎么会有这个顾虑？”她问，而后又用更欢愉的音调补充了一句，“我叔叔急着想找更多的人体试验品呢。”

“可能你说得没错。起初我们相遇那天，你叔叔似乎对我很感兴趣，当听说我生过病，他几乎气疯了。他肯定认为，我对他来说没用了。”

“你怎么会有这种想法？你比别人都强壮。”

“这谁能肯定。说不定，得过肝炎的人不利于手术。”

“我向你担保，没人能阻止你做手术。我叔叔也怪可怜的。我是他唯一的志愿者，假如把我送到湖里，他就要孤单一个人了。不过你看着吧，我能说服他。他不喜欢兰达佐，所以他会很高兴把你我一起送到湖里。”

她拉起我的手，将我引到她的房间，我们上床做爱。起初，我表现得有些忧虑，担心吉韦特会突然出现，但弗洛拉对眼下的事极为投入，我也就效仿她的榜样。女人引领，我们男人跟从。

我们分手时的情景令人心碎。她又像从前一样爱我了，但有保留地接受了我将尽快返回的承诺。由于这种不信任的态度，我几乎不敢提醒她第二个承诺，即准许吉韦特给我做手术的事。“通过所有这些事，”我心想，“应该看到，弗洛拉证明了她对我用情有多深。我的话她并不全信，但她依旧爱我。跟我多么不一样啊。”

返回布宜诺斯艾利斯后，起初一切都像预先设想的那样进行着。听到我盛赞霁涟湖区，汤普森显得颇为自豪，并同意我尽快回去，再休养一段日子。庞斯夫人签署了那项合同。可第二天，当我问起汤普森，旁人对我说：“他刚刚通知我们今天不来上班了。”“昨天我也觉得他感冒得挺严重。”我评论了一句。我给他家里打电话。他说他得了流感，但二十四小时内就能回到公证处上班。然而，他高烧不退，过了一周都没回来；我别无选择，只好推迟返回霁涟湖的日期。我要代替我的合伙人签署两份文件。女秘书一向对我不大友善，可这次她的一句话叫我颇为受用：“我总说，在汤普森-马特利公证处，您是不可替代的。”我承认，当时我在心想：“她说得没错。”我还思量着，“迟迟不能返回，是我始料未及的，这情况让我焦虑，但或许应该给弗洛拉一点时间，好让她回心转意，放弃那个念头。我时刻都觉得那个想法荒唐透顶，让人不痛快。”

我最终返回雾涟湖的时候——某天黄昏，即将日落之前——弗雷德里希夫人像老友那样接待了我。我问：

“有什么新消息？”

“没有。一切照旧。”

“弗洛拉来拜访过您吗？”

她回答没有。我略带苦涩地对自己说，耽搁了回程，显然并未让她不安，因为她都不肯费神打听一下。奇怪的是，稍后我才意识到犯错的人是我自己。等想通了这一点，我决心不惜一切代价避免延宕下去。我几乎要径直去拜访吉韦特一家；但现在是夜里，外面很冷，还下着雪，我想想还是作罢了。隔着窗户望过去，湖对岸的木屋没透出一丝光亮。要么是夜色昏沉，要么就是医生和他侄女早已上床就寝。

在丰盛的晚餐和疲惫身躯的催动下，我睡过了头。次日刚一睁眼，我就跑到窗前。我心怀懊恼地注意到吉韦特家的烟囱里并没冒出烟来。这个征兆，加之前一晚未见灯光，使我慌张起来。“坏了，”我自语道，“要是我赶回来了却发现弗洛拉和她叔叔去了布宜诺斯艾利斯，那该怎么办？就算返回布宜诺斯艾利斯，我又去哪儿找他们呢？”

简单用过早餐后，我步行前往吉韦特家，一路上自然离湖岸远远的。这条小径激起了我多少美妙的回忆啊。那些记忆曾是何等切近，又是多么遥远！最终走到了，我上前敲门。没人应。试着推门，也打不开。我一个窗户接一个窗户地试过去，正要放弃，却碰巧有一扇窗在手掌的压力下向后弹开了。

我在书桌上找到一封信。信中写道：

“亲爱的阿尔多：我叔叔给我做了手术。不幸的是，他不能给你做手术了。我正卧床休养时，维利从手术中恢复过来了，他误以为我叔叔已把我送到布宜诺斯艾利斯你那边去了。他像个水柱似的从湖里冲出来，而那时候我叔叔正站在码头台阶上，两人爆发了激烈的争吵。我可怜的叔叔一时失去平衡，掉进湖中，溺毙身亡。但请你切勿担心我。向你保证，虽然我很痛苦，但为了他，也为了你，我很高兴他能在溺水前为我做了移植。此刻，我必须潜到湖里去了，因为窒息症状已经出现。请原谅我没有等你。永远爱你，你的弗洛拉。”

凄凉孤寂中，我才意识到自己的行为有多荒诞：为一个客户的合同而失去了弗洛拉！我活该遭受最严酷的惩罚，但即便这样，说句实话，我也不认为有谁会乐意接受弗洛拉向我提出的如此诡谲的计划。当然，假如我不是像个机器人似的，一心完成公证人的职责，我就可以和我唯一在乎的人相聚，可以阻止她做手术，即便是最差的情况，我也可以请求古韦特给我做手术，那么现在，我就可以跟她相伴厮守，生活在湖里，到海洋中远游，直到世界尽头。“为什么在布宜诺斯艾利斯耽误了那么多天？”我郁郁自问，“假如在答应的日期回来，我就能阻止这场疯狂的事，阻止这起不折不扣的自杀。”我像个梦游者似的走出房间，踏上码头台阶的边沿。片刻之后，我就看到弗洛拉和兰达佐依偎在一起，在水下，朝我微笑、挥手，频频致意，似乎是幸福欢愉的。

三首小调幻想曲

玛格丽塔或药剂的力量

“你的成功，那可悲的转瞬即逝的成功。”

（出自探戈曲《双手紧握》）

我已不记得为什么我儿子要在某个场合对我横加谴责。

“好事总落在您头上。”

我的这个儿子一直住在家里，此外还带着他的妻子与四个孩子，最大的男孩已十一岁，最小的女孩只有两岁，叫做玛格丽塔。由于他那句话流露出怨恨情绪，我便留心记住了。间或和儿媳谈到这个话题，我对她说：

“你不能否认，成功里夹杂着一些让人厌恶的成分。”

“成功是出色工作带来的自然结果。”她回答。

“但也总会牵扯到一些虚荣、庸俗的东西。”

“那说的就不是成功了，”她打断我的话，“而是成功的欲望。谴责成功在我看来是过分浪漫主义的，那些话对蠢笨的人倒很相宜。”

虽说儿媳很聪慧，但她依旧说服不了我。为了搜寻我犯下的过错，我带着回溯的目光反省我这一生。一辈子的光阴都耗费在化学书籍与药剂实验室里了。我的成就，倘若还算成就，或许是货真价实的，但谈不上风光卓越。在荣耀铺就的事业之途上，我早已担任了实验室主管。我购置了自己的房产，生活也相当优裕。实际上，我亲手调配的一些方剂，最终制成了香脂、药膏与酊剂，被安放在我们这个广袤国家每一家药店的货架上；据一些言之凿凿的说法，被这些药剂治愈的病患不在少数。对此我始终存疑，因为特效药与疾病之间的关联，在我眼中颇为神秘。尽管如此，即将研制出我的滋补制剂“补铁溶液”时，我深深体会到了焦虑和确切无疑的成就感。我开始鲁莽地吹嘘，在药剂与医学领域（请记好我的话），正如《面孔与面具》杂志上的一组文章所证实的，人们曾消耗无限量的营养剂和滋补品，直至某日，维他命问世，将所有补药扫逐一空，仿佛它们全是冒牌赝品。其后果显而易见：维他命已无可挽回地丧失信誉，无奈之余，全世界的人都将返回药店以缓解自身的亏虚与疲弱。

虽然看上去难以置信，但我的儿媳确乎为她小女儿的食欲不振而忧心。说句实在话，玛格丽塔的确惹人怜惜，她生着金发，眼睛是蓝色的，模样消瘦、苍白、敏感纤弱，酷似一幅十九世纪的版画小像。她是典型的那类小姑娘：依照传统或迷信，命中注定要在小小年纪与天使重聚。

亲眼看着孙女康复的热望，将我从未受挫的制药技能激发起来。我急速催动我的智慧，发明了前面述及的滋补制剂。药效着实惊人。每天四汤匙的药量足以在几周内让玛格丽塔变了个人。眼下她腮边敷上了鲜亮的色彩，人长高了，也壮实起来，每餐食量叫人满意——甚至可以说，现今她令人不安地贪食。她坚定而顽固地各处搜刮食物，假若有人阻止，她便会愤怒地扑咬上去。今天上午早饭时间，自家餐厅里的一幕景象被我撞见，令我永难忘怀。小姑娘端坐餐桌中央，双手各握着一只羊角面包。我留意到她金发洋娃娃样的面颊上有一片过分红润的色块。她脸上涂抹着果酱和血痕。其他几位家人的疲惫身躯蜷在房间一个角落里，他们相互依靠着，头倚着头。我儿子那时还活着，他用尽力气说了最后一句话：

“错不在玛格丽塔。”

他吐出这句话时，依旧是惯常对我的责难口气。

异味记

星期四夜里，罗伯托·拉文纳教授接连叹气，到了半夜一点钟，他兀自发出一声呻吟。批改完收上来的最后一篇学生论文后，他居然又在混乱的书桌上发现了一叠文章，共计十篇。

教授是性子易冲动的人，他需要夜夜睡足来弥补白日耗损的精力；但最近整整一周，由于种种缘故，他的睡眠时间总是过短。所以此刻他极度疲劳。校读面前的论著，如往常一样，不免再次激发起他对学生的怨念。“这也是事出有因，”他自言自语，“那帮家伙不学无术，而这个家伙有点墨水，但他却把文章写得让你想把所有乱七八糟的地方全都改过来。”

约莫三点半时，他终于看完全部论文。他摇晃着挪到床边，连衣服也没脱就躺倒在床上。

一阵令人心悸的敲门声将他惊醒。他起先迷糊了一阵，而后醒悟过来，为了让敲门声静下来，别无他法，他只能起身走到门边。

“谁啊？”他问了一声。

“开门。”

“谁在外面？”

“开门，开门。是贝南西奥。在剧团当小丑的贝南西奥。”

“住在6B的那位。”拉文纳这才回过神来。这栋公寓里，每个人都是由楼层数字和门牌字母的组合而被别人记住的。公寓监管人克洛蒂尔德太太如此称呼众人，在她的权威督导下，大家也就接受了这套编码。拉文纳没开门，而是再次发问：

“您有什么事？”

“什么叫‘您有什么事’，拉文纳博士？这是您的事儿，也是整栋楼其他住户的事儿。您没闻到那股气味？”

“千万别是着火了。”拉文纳想，他住在7层A室，顶层唯有这么一套公寓。他已然幻想着自己沿着楼梯往下跑，被浓烟呛得喘不过气来。无可奈何，他只得将门拉开一道窄缝，可马上就不得不聚集全身气力，抵御6B的猛攻，因为对方以肩膀作撬杠，想强行闯进来。所幸此刻他摸到了撞锁，而另一只手迅捷抓牢门框，再用胸膛抵住大门，如此这般，他方才收复了公寓门内被那个小丑侵占的几寸领土。他喘着粗气，带着胜利的满足感，大声喝道：

“我不会放您进来！”

“我跟您发誓，那种气味我再也受不了了。我必须要侦查出那股味是哪儿来的。”

“我什么也没闻到，我公寓里没着火，你给我听清楚了。”

“干吗说着火不着火的？”

一听这话，拉文纳即刻松懈下来。他现在没什么可忧惧的了，只想快快回到床上。他几乎换上了友善的腔调，说：

“那么您就回家吧，我要睡觉了。都快困死了。”

“真没想冒犯您，博士先生，但您以为我是傻瓜吗？”

这问题让拉文纳暗吃一惊，因为一个极度谦和有礼的人竟说出这样的话；原来他们在电梯里照面时，对方的过分客套曾足以让他厌烦。拉文纳支应道：

“那么，您这话什么意思？”

“据确凿的消息，博士先生您在兽医学院任教。说得更精确点，在小型动物研究所工作，对不对？”

“一点不错。”

“那么您有没有把某些已经完全腐烂的小动物，比方说猫啊狗啊，带回家来了？”

“您脑子有病。”

“那么您觉得这股气味是凭空冒出来的？”

“我再重复一遍：我没闻到任何一丁点的怪味。”

“因为您已经习以为常了。有人在家里藏着死人骨头，但很快就适应了那股腐烂的臭味。我不想跟您争辩，您所从事的实验对全人类都有益。不过，您还是让我进来瞅瞅吧，让我闻一闻！我向您担保，拉文纳博士：假如弄错了，我绝不再来打搅您。”

“有个疯子跑到家门口，说他闻见了一种幻想出来的气味，我头一回遇上这种事，却还放他进门：听起来倒真不赖！”

6B的住户在门外回话了：

“您可不能说那是‘幻想出来的气味’！我鼻子里时时刻刻都能闻到那股味儿，已经忍受不住了。要是找不出它是从哪儿来的，我肯定要发疯。”

“你怎么不去6层A室的奥克塔维娅夫人那儿试试？”

“亏您想得出！那位夫人特别傲慢，应该叫她阔太太才对。她站在那儿，就不怒自威啊。告诉您吧博士，我可不敢。”

“有什么不敢？说不定您能交上好运。”

拉文纳撞上锁，别上门闩。他看了一眼腕表，“真糟糕。”他叹道。现在是凌晨四点零五分。这一晚他只睡了一刻钟。虽然瞌睡依旧折磨得他苦不堪言，但他的好奇心却更盛：他尽量不发出响动，又拉开房门，踮起脚尖走到楼梯平台，而后顺着楼道下行，跑到楼梯转角处，倚着栏杆，悄没声息地观察着6B如何敲响6A住户的门。起初6B只是腼腆地敲了数下，而后竟发展成粗暴地砸门。片刻后，住在此间的女主人探出头来，她头上好似顶着荆冠，细看才知道那是卷发筒。6B急忙解释：

“我闻到一股气味才来的，夫人。气味是从您这儿散发出来的，从您的公寓里。”

那位夫人将他一把推开，又或者是一拳打在他胸膛上。关门前，她又喝骂了一句：

“神经病。”

拉文纳踮起脚尖，又沿着原路走上楼梯，返回自己的公寓。他转身上了锁，等他终于躺在床上的时候，心里兴起一种如释重负的快感，近乎幸福。有些时候，他会梦见不久前发生的事。故此，当他再次听到敲门声，便睿智地想，不必理会它，那不过是梦境的一部分；然而，凶恶的敲门声终于将他吵醒。他自语道：

“趁那个怪物还没把我的门敲破，我得阻止他。”他跳下床，跑过去，刚拉开门，鼻子上就挨了一拳。他摸着自己的鼻子，想确认是否在淌血，此时6B忙着为自己辩白：

“我不是故意打您的，博士。我敲门敲得猛，想这样您才会开门，而且您出现得也太突然……”

“我知道您就是不想让我睡觉。”

“不，不，先生。您这么说就不对了。我是想进来，把那具动物死尸拖出去。”

“什么动物死尸？”拉文纳问，尽管挨了打他还处于半梦半醒之间，或者，正因为挨了打，他才昏沉欲睡。

“就是散发怪味的那具死尸。闻着那个可怕的味道，我一分钟也活不下去。”

“我不会让您进来。说什么也不行。”

“您别逼我，拉文纳博士；纯属无心的情况下，我已经揍了您一拳。让咱们把那个腐烂的小动物处理掉吧，否则我就不能对自己的行为负责了。”

一个想进来，另一个偏要阻止，两人之间的对抗发展得既迅速又暴力。殴斗双方都跌倒了。他们每个人都曾数次将对方仰面按倒在地板上。其中一次，拉文纳撞了自己的脖子，一时昏厥过去。6B片刻也没耽搁，即刻站起身。对拉文纳的公寓快速检查之后，他又站到了转醒过来的拉文纳眼前。

“您说得没错，”6B说道，听口气他很伤心，“我没找到尸体，拉文纳博士，没找到尸体。”

“现在该我去找我的埃巴①左轮手枪了，好一枪崩了你。”

“要是您明白我现在的处境，您就不会说这种话了。鼻腔里灌满了怪味，任谁也活不下去。我跟您起誓：如果您不帮我除掉它，我就要从窗口跳出去啦。”

拉文纳把入侵者推搡出门，还不忘告诫他：

“这会儿想叫我可怜你了。趁我没把你踹出去，马上给我走。”

他锁上门，一头栽倒在床上。电话铃把他吵醒的时候，他瞥了一眼床头柜上的钟，此时是早上八点半。他没发脾气，因为打电话的人是加拉伊大夫，他一辈子的朋友。即使他们走上了不同的职业道路（加拉伊是精神科医生），两人也从未停止交往。加拉伊向他提议：

“我七点半来接你。晚上咱们还住在原先那家旅社，明天、后

① 一家西班牙兵工厂。

天，都钓他一整天的鱼。你意下如何？”

“我觉得挺好。出了这档子事，出游多少能让我平静些。”

他讲述了昨晚发生的怪事，故意将6B寻找所谓臭气的疯狂言行描述得非常滑稽。加拉伊问：

“住在6B那位叫什么名字？”

“贝南西奥。我记得全名是贝南西奥·阿尔达诺。”

“根据你向我描述的，为了避免发生更棘手的情况，最好是来抓他。”

“什么叫‘来抓他’？”

“派一辆救护车，把他带到博尔达精神病院。你放心；我会关照他的。”

每个男人身上都潜藏着过去的小男孩的影子。上中学的那几年，加拉伊和拉文纳策划过不止一出恶作剧，他们也因此声名远扬。那天清晨，他们两人抱着电话听筒笑了好一阵，都觉得自己妙语连珠，胜过这世上所有人。

系里组织的学生见面会十分无趣。听到自己的成绩，学生们也都觉得不痛快。至于拉文纳，他感到既同情且愤懑。他对自己说：“最差劲的是，他们不知道自己不知道。”

午餐是在社区的一家小餐厅里将就吃的，他饭后也没耽搁，一径回到寓所：身体强烈要求睡午觉。他刚要进电梯，监管公寓的太太就把他拦住了，报信说：

“他们把6B带到博尔达医院去了。肯定有人通风报信。昨晚的大嚷大叫您都听见了吗？像他这样身份的人，做出这种事来，八成是疯了。”

“他两次把我吵醒。您知道吗？ 半夜三更他想闯进我的公寓。”

“实在不像话。”

“着了魔了。您知道他为什么要进来吗？他说我在家里藏了一具动物死尸。”

“发疯到这个地步。”

“我再跟您说件事儿吧。他坚持说有一股恶心的臭气。您闻到什么了吗？”

“我没闻见。”

“我也没有。”

“不光是发疯，这简直是侮辱人。我每天清扫公寓，把腰都快累断了，怎么可能有臭气？”

费尔南达，住在5B的房客，从街上走进来，领着她的三胞胎和双胞胎小孩。她很年轻，金色头发，离婚后一直独身。她向克洛蒂尔德夫人道了声“下午好”，便乘电梯上楼去了。“太不幸了，”拉文纳黯然神伤，“对我喜欢的女人来说，我这个人根本不存在。”

“人真是奇怪，”克洛蒂尔德太太评论道，“就说这个贝南西奥吧，他把您折腾了一晚上，可就在双胞胎的生日宴会上，给孩子们做热巧克力的时候，他把老的少的都逗得前仰后合。”

“您是说，在费尔南达夫人家里，他也敢存心捣乱？”拉文纳质问道，他几乎没听清对方说了什么，但已然要发怒了。

“那倒不会。您可能跟他不熟，我得澄清一下：贝南西奥是个好人，有颗金子似的心，他在儿童聚会上扮演小丑。”

拉文纳最终进了电梯。经过六楼时，他闻到一股叫人作呕的臭气。他到七层下了电梯，直奔洗衣房察看了一遍，但一无所获。随后他就快步冲进自己的公寓，奔到浴室，把剃须后的润肤水涂了个满脸。他思忖道：“过去我手边总摆着古龙香水。这些好习惯我们都丢掉了。”他对自己说，润肤水的香味完全盖不住；不管他做什么，弥漫在公寓楼上层的这股可怕的气味已将他全然浸没了。只要鼻腔里还灌满这个味道，他就不可能正常地生活。“6B 的想法没错，这气味的源头肯定在某间公寓里，”他又细想了一回，“我的鼻子没骗我：就在周围，有一具动物或人的死尸。难道发生了凶杀案？兴许就因为 6B 有这个猜测，他才坚持要进来。也不对；他坚持，只是因为他受不了这股味。我也受不了。”

这一番前思后想在拉文纳教授心里激起了对 6B 的些许同情和难以消弭的歉疚，因为说到底，他是个善良心软的人。于是，他给博尔达医院挂了电话，向加拉伊求情：

“帮我个忙，你把他放出来吧。我发现他没疯。这栋公寓里就是有股难闻的味儿。我自己也闻见了。”

加拉伊回答说：

“你可替我减轻了不少负担。他在这儿绝口不提臭气的事儿了。我觉得他的精神状况跟你我一样正常。”

拉文纳突然感到一股不可抑制的冲动裹挟着自己，催他去敲6A公寓的门。片刻之后，女主人奥克塔维娅身穿雕塑质感的黑色缎子长裙，神采奕奕地站在门口。拉文纳不失稳妥地问了一句：

“能进来吗？”

也许是6B引发的那场闹剧过去得还不够久远，那位女士又喝骂了一声：

“神经病。”

“可我是7楼A室的，您的邻居。”

那位女士说话时嘴唇翕动得厉害，她问道：

“您能否给我解释听听，谁给您这个权力的？”随后她转身背对着他，抬眼望向天花板，大声说，“就算你是我的情人也不行。”

仿佛这句话渗入了他思维的工作机制，把他的脑子变成了一台即将蹦出奖品的老虎机，拉文纳思量片刻，有了答案。他说：

“绝没有冒犯的意思，不过，做您的情人是我在这世上最向往的事。”

“您不隐讳自己的感受，倒风雅得很，”那女士评论说，“我喜欢这种态度。”

拉文纳看到奥克塔维娅太太的嘴唇在颤抖，且慢慢湿润起来。

“恕我冒犯了。”他说。

他吻了她，把她抱在怀里，开始脱她的衣裳。那位女士喃喃道：

“最好把门关上，”她重复下面这句话时不住地呻吟，“慢一点，慢一点。”她把拉文纳拽到床边。

没过多久，拉文纳就从床上坐起来，将房间仔细勘察了一遍。由于没发现什么动物遗体，他便在那位女士的脸颊上留下一吻，出门继续侦查去了。他匆匆走下楼梯，来到五层，敲响了那扇标记着字母A的门。里面住着伊波利托·赖纳医生，他是位耳鼻喉科专家。“出了这种事儿，他的身份倒是挺恰切的。”拉文纳心里说道，有点开玩笑的意味。门开了。

“您怎么过来了，博士？”赖纳问。他不算年轻，此刻头发蓬乱，目光涣散，看上去有些憔悴。

拉文纳端详着他，似乎要答话，但欲言又止，因为他突然意识到方才促使他敲门的理由，眼下也已消失了。实际上，带着些许迷惑与快慰，他发觉那股气味已经闻不到了。于是，他脱口说出了脑海里编排的第一句话：

“我想通知您，可能有些邻居要来敲门，希望获准进您的公寓，他们想找一找某股恶心的气味是从哪儿散发出来的。”

赖纳表示他听不懂。拉文纳稍微调整了词句，把刚才的话重述一遍，顺便又提到了令人作呕的臭气。

“你想暗示什么？”赖纳质问，他已经气得几乎说不上话来。“我的公寓很脏？”

如实讲清事实已颇为艰难，拉文纳打一开始就觉得厌烦，所以很快他就被激怒了。他说：

“不想暗示什么。我说得够多的了，回见吧。”

坐电梯上七楼时，透过栅栏门，他瞧见奥克塔维娅夫人正顺着楼梯往下走。

犹豫了一阵，他出了电梯，想跟踪那位女士下楼。然而那位太太已经遍寻不着了。“她哪有时间走到底层啊，”他想，“肯定是进了5A或5B。”被好奇心驱遣着，他埋伏在一段楼梯平台的拐角处。一旦听到电梯移动或某处传来脚步声，他就可以向上或向下挪动几步，以免被人瞅见他正在窃听。他的举动让自己联想起困在笼子里来来去去徘徊的野兽。

终于，奥克塔维娅从5A公寓里出来了；一瞧见他，她便大声说：

“如果还有鼻腔不适的感觉，赖纳医生可以拯救你。坦白告诉你吧：刚才你来我家的时候，我以为那些话不过是借口。但很快我也闻到一些气味。多可怕啊。”

“你还能闻见吗？”

“赖纳医生把我治好了。他是个魔法师。应该求他给你治病。”

“我现在没事了。传染给你，我就康复了。”

“你这人太坏，不过眼下也无所谓了，因为赖纳医生把我治好了。真是个魔法师。也没给我任何药物。我想，整段时间他也就是用他的金属小喇叭给我听诊。他瞧了瞧我的鼻腔内部，把我嘴里每个地方都仔细检查了个遍。”

“那是为什么？”

“他自有道理，他简直是魔法师啊。拜访他一回，我的病就根除了。”

拉文纳支吾着：

“那好，我回去了。”

他上楼回到自己的公寓，心里想着，应该把系里学生的论文码放好，免得跟书桌上的杂物混成一片。“我眼睛都睁不开了。”他嘟哝着。说完他跌坐在椅子上，呆看着窗外的青蓝天色。等他抬手想拾掇桌上的论文时，人已昏沉沉地潜入梦乡了。

醒来时，他觉得精神爽利。他走到窗边，目光越过起伏绵延的屋顶，看到了一幅气象非凡的日落景致。仿佛得了天兆似的，他坚信，假若此时费尔南达——住在5B带着三胞胎与双胞胎一起生活的那位女士——就在身旁，他一定能劝服她接受自己的爱意。现在无疑是行动的时候了。他跑下楼去，正巧遇上费尔南达——对此，他自认是好兆头——正从5A房间走出来：这恐怕就算不上吉兆了。

也没给他反应的时间，费尔南达说：

“遇上您真幸运。”

“她第一次跟我说话。”拉文纳暗想，旋即回答：

“我也觉得幸运。”

“我想请您祝福我，因为我要和伊波利托结婚了。就是赖纳医生，您认识他。听了我们的事儿，您肯定要笑晕过去。先是他来找我，说他闻到一股怪味道，让他心里绝望，可没过几分钟，我们就疯狂地相爱了。”

巨大的疲惫感压在拉文纳身上。他挣扎着敛起精神，想做最后一次抵抗，他说：

“那种气味是接触传染的。”

“瞧您说的！很明显，是我把这种病带进了这栋公寓。现在我已经免疫了。”

电梯停在本层，打断了二人的谈话，随之而来的是克洛蒂尔德太太，她通知说：

“拉文纳博士：加拉伊大夫在楼下等您呢。”

“我都忘了。”他苦恼地应了一声。

道了声“再会”，拉文纳挺起胸膛，出门迎接他的漫长周末去了。

被征服的爱

“您讲吧。”他说。

“我不知道是怎么开始的，也不知道我们在哪儿。当比希尼娅问：‘你还记得你是怎么答应的？’我不敢再跟她说一遍：下礼拜咱们可以一块儿吃午餐，但今天，我父母在等我。为了克服这种未曾预料的痛苦，好像要在语流间把事情搅乱似的，我开始滔滔不绝。可能是因为不同的念头混到一起了，我说起去年冬天，有个法国厨师在一座旧庄园里开了一家餐厅。是在圣伊希德罗吗？还是圣费尔南多？那个厨师叫皮埃尔，可是皮埃尔还住在南边城区吗？我结结巴巴地讲了一阵，结果只隐约记得餐厅的名字和地址——我的忘性这么大，可能暗示着，我是为了标榜自己才推荐一家根本不熟悉的餐馆——为夸耀自己多么懂行，我还细致地介绍他们能做什么样的待客佳肴；我这个人没什么赏鉴能力，哪有资格说这番话？由于怯懦、软弱，我尽量不去编造借口；为了挽回颜面，妥协让步我也能接受。我觉得难过，或许是因为做事违背了自己的意愿。”

因为我不想和比希尼娅分手，所以就得想办法通知父母，告诉他们，我们不能一起吃午餐了。更糟的是，我母亲早已在蔷薇花圃等我。我想象着她坐在一张长椅上，面带微笑，显得很有活力，就像浮现在一张褪色的旧照片上。那张照片是很久以前拍摄的，当时她就坐在同一片花圃里，如今想来有些伤感。

我沿着乡间别墅的回廊，走进旧书房，书房墙面的灰浆已经剥落。我费了好大劲才叫醒我父亲，他正躺在沙发上打盹，缩成怪异的姿势。“昨晚睡得不好。”他告诉我，想为自己辩白。见到我，他很高兴。我当即告诉他：“我不能跟你们一起吃午餐了。”起初我父亲没听明白，因为当时并没完全清醒。我急忙要求他：“请转告妈妈。”我想在他彻底转醒之前离开，因为这会儿他还高兴，但我明白，很快他就要伤心了。

我让自己痛苦，也让他背负痛苦，就为了不让一个女人失望。可对她而言，跟我约会只不过是共进午餐而已（说出这句话，怎样才能不显得刻薄？）。

他把自己的解读说给我听：

“这意味着，你现在不愿见他们。”

“我们曾经是那么亲近的朋友。”我说。

我无力再做解释。

译后记

短篇小说集《俄罗斯套娃》首版问世于一九九一年，包括七则故事。九十年代，比奥伊·卡萨雷斯住在布宜诺斯艾利斯，仍然不用打字机或电脑写作，只用钢笔。每当手握德国巴利金钢笔，他就感到自己充满了书写欲望。不过，构思新故事时，他会先邀请一位女士共进午餐。假若这位女友在席间听了故事认为有趣，作家便受到鼓励，而后从容地将故事记下来。当然，身边这样的女性朋友不止一位，有时候是 Vlady Kociancich，有时候是 Silvia Francis Korn，两位女士都是布城文艺沙龙里的名作家。

博尔赫斯曾将比奥伊·卡萨雷斯作为一个虚构人物写入短篇小说《特隆、乌克巴尔、奥比斯·特蒂乌斯》，并借他的口说出那句箴言："镜子和男女交欢都是可憎的，因为它们使人的数目倍增。"这句箴言有悖于作家迷恋漂亮女人的秉性。试看，寻情逐爱的主题在《俄罗斯套娃》复现了多少次。有趣的是，这些短篇大多是纯爱故事的反题：恋情罗曼司的女主角本来是不可替换的，但对于孱弱、敏感、不成熟的男性而言，她们更像是层层嵌套、模样近似的套娃，“打破了一个，其余的还能留下来”。因此，在《俄罗斯套娃》中，玛塞拉错失佳人后，很高兴地接受了次一等的选择。在日记体小说《我们的旅行》中，我们和路西奥·埃雷拉一次次返回情爱关系崩溃的结点。日记中女人们的名字不同，游览场景不同，但男主人公注定陷入交流的危机，因此对他来说，女人们是可以互换的。这一设置让人联想起路易斯·布努埃尔《朦胧的欲望》，在这部一九七七年的影片中，两位女演员饰演同一个角色。许多作家和研究者都注意到情爱与性在卡萨雷斯作品中的核心位置，帕斯就曾评论道：“爱，对比奥伊·卡萨雷斯来说，是一种享有特权的最全面、最明晰的领悟，它有助于了解这世界和我们自身的虚幻。”不难揣度，比奥伊·卡萨雷斯个人的情爱经验与文字生涯交织到何种程度。某一次，博尔赫斯带着些许嫉妒和骄矜对他说：“您有艳遇，我只有爱情。”

在人们的记忆中，比奥伊·卡萨雷斯的第一重身份通常是博尔赫斯的密友与合作者，这样的印象有失公正，两人之间经年累月的对谈对双方的文学养成同等重要。在比奥伊·卡萨雷斯的妻子西尔维娅·奥坎波的协助下，两位友人合作编撰了《奇幻文学选集》(1940)。就在同一年，卡萨雷斯出版了代表作《莫雷尔的发明》。故事明显受到 H.G.威尔斯的影响，讲述主人公困居荒岛，发现身边都是主宰一般的神秘人物莫雷尔所发明的生物与装置。相较于博尔赫斯，比奥伊·卡萨雷斯始终表现出对科学实验与现代医学成就更为强烈的关注。《俄罗斯套娃》中的《在水下》和《玛格丽塔或药剂的力量》等篇，不啻为这一终身兴趣的延续（正因为如此，他也被认为是阿根廷奇幻文学的奠基者之一）。博尔赫斯和卡萨雷斯还有另一项共同爱好，即痴迷于侦探小说。两人借笔名 H. Bustos Domecq，合写了《伊西德罗·帕罗迪的六个谜题》。柯南·道尔和切斯特顿笔下的探案桥段不时出现在这部短篇集里，但案情或悬疑本身已经让位于对惯例规则的挪用和戏仿。事实上，这一段合作经验给卡萨雷斯此后的创作留下了重要印记："迷局"贯穿在他的众多作品中，故事迂回于侦探小说的旧套路，却最终引向形而上学的思考。这一写作风格暗合爱伦·坡的怪异故事，借用博尔赫斯的话，正所谓"伟大的作家创造自己的先驱者"。

比奥伊·卡萨雷斯其后的主要作品包括《逃亡计划》(1945)、《英雄梦》(1954)、《猪群战争日记》(1969)、《一位摄影师在拉普拉塔的历险故事》(1985)等。一九九四年云南人民出版社的"拉丁美洲文学丛书"出版了卡萨雷斯的《英雄梦——比奥伊·卡萨雷斯小说选》，收入了《莫雷尔的发明》《英雄梦》《对猪战争日记》《纪念保利娜》《影子的一边》《别人的女奴》等六篇小说。

《俄罗斯套娃》是卡萨雷斯晚年的创作，不是他最著名的作品，然而，想象力与修辞术在他生命最后阶段日臻佳境，奇幻颜料突入现实画布的阅读体验已非“叙事精巧”或“训练有素”这样的评语所能概括，而是更多地源自拉美次大陆一位写作者的优雅与教养。就在出版此书的前一年，作家荣获塞万提斯文学奖，这一奖项代表西班牙语世界对文学创造的终极褒扬。比奥伊·卡萨雷斯一九九九年在布宜诺斯艾利斯去世，研究者通常认为，兴起自一九四〇年代的一代阿根廷文学风潮也随之谢幕。

《俄罗斯套娃》里的故事大都和旅行相关，比奥伊·卡萨雷斯相信旅行有助于解放灵魂。此书译文初稿也主要是在旅途中完成的。客居美国期间，在杜克大学 Lilly Library，在纽约或波士顿的地铁上，在机场候机大厅里，我常常捧读此书。翻译过程中，我曾向罗湉女士请教多个法文人名、地名译法，请西班牙友人 Susana Sanz Giménez 帮忙斟酌原文里较繁难的句子，成稿后请友人夏笳阅读过奇幻色彩较浓厚的部分章节。经由一件工作将朋友聚合在生活里，我自觉是有趣而且有意义的事，正像博尔赫斯和卡萨雷斯，时常在咖啡馆里把正在构想的故事讲给对方听，权当是互赠的礼物。

魏　然

二〇一三年七月

二〇二〇年七月修订

99读书人

SHORT CLASSICS
短经典精选

短经典精选系列

走在蓝色的田野上
〔爱尔兰〕克莱尔·吉根 著 马爱农 译

爱，始于冬季
〔英〕西蒙·范·布伊 著 刘文韵 译

爱情半夜餐
〔法〕米歇尔·图尼埃 著 姚梦颖 译

隐秘的幸福
〔巴西〕克拉丽丝·李斯佩克朵 著 闵雪飞 译

雨后
〔爱尔兰〕威廉·特雷弗 著 管舒宁 译

闯入者
〔日〕安部公房 著 伏怡琳 译

星期天
〔法〕伊莱娜·内米洛夫斯基 著 黄荭 译

二十一个故事
〔英〕格雷厄姆·格林 著 李晨 张颖 译

我们飞
〔瑞士〕彼得·施塔姆 著 苏晓琴 译

时光匆匆老去
〔意〕安东尼奥·塔布齐 著 沈萼梅 译

不中用的狗
〔德〕海因里希·伯尔 著 刁承俊 译

俄罗斯套娃
〔阿根廷〕比奥伊·卡萨雷斯 著 魏然 译

避暑
〔智利〕何塞·多诺索 著 赵德明 译

四先生
〔葡〕贡萨洛·曼努埃尔·塔瓦雷斯 著 金文彭 译

房间里的阿尔及尔女人
〔阿尔及利亚〕阿西娅·吉巴尔 著 黄旭颖 译

拳头
〔意〕彼得罗·格罗西 著 陈英 译

烧船
〔日〕宫本辉 著 信誉 译